徳間文庫

まぼろしのパン屋

松宮 宏

徳間書店

目次

まぼろしのパン屋

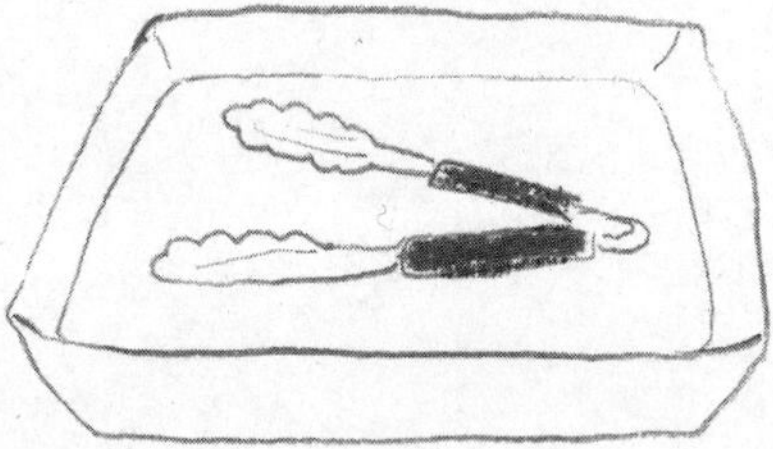

プロローグ

1

茨城沼《いばらきぬま》周辺をヘリコプターが飛ぶことは珍しくない。近隣農家が農薬を空中散布することがある上、不動産開発業者が関わりはじめてからは、調査飛行という名目で日に数度は飛ぶようになった。

しかし、午前四時半であった。

数日続く曇り空。月は雲の奥に隠れ、街灯の光が届かない沼地は墨《すみ》で刷《は》いたような闇《やみ》に包まれている。

晩秋《ばんしゅう》の乾いた闇を切り裂きながら、プロペラの爆音が南の方角から聞こえてきた。

サーチライトが走り、水面《みなも》に浮かぶ「サンカノゴイの家」が浮かび上がった。環境ジャーナリストの山森藤太《やまもりとうた》が反対派の住民とともに作った掘っ建て小屋である。名前は絶滅危惧種《ぜつめつきぐしゅ》となった希少な鷺《さぎ》、サンカノゴイにちなんでいた。

丸太を打ち込んで水面一メートルの高さに床を作り、その上に二階建ての建物を組み上げてある。

ヘリは小屋の上空までやってきた。

そして大量の白い粉を投下したのである。

2

茨城沼には多種さまざまな鳥が生息する。

サギ、ガン、カモ、クイナ、シギ、チドリなど、固有種に渡り鳥が時として参加し、それぞれが生を営《いとな》む。夏になるとオオヨシキリが賑《にぎ》やかにさえずり、ツバメなどの塒入《ねぐら》りを見ることができる。チュウヒといった猛禽類《もうきんるい》にとっては数少ない繁殖地であり、天然記念物オオヒシクイの飛来する江戸崎は、関東地方に残されたガンの観測地として貴重な場所だ。

　そんな野鳥の楽園が、人間たちによってむしばまれている。ヨシ原は減少の一途、鳥たちが餌《えさ》と間違ってペットボトルのふたを飲み込んで死亡する事故は深刻だ。

　そんな折りも折り、沼地の大規模宅地開発が決定したのである。

「自然を守れ」

「金の亡者は去れ」

「天下り知事を解任せよ」

　小屋の外壁に張り付いたスローガンが風に揺れる。

　山森はイギリスの雑誌に取り上げられた小屋の写真を、地元漁師の息子である俊太に見せた。

「水に浮いているように見えるだろ。どこにもつながっていないというのは象徴的さ」

小屋でひと夏を過ごした山森は日焼け顔にひげが伸び、闘士の風采《ふうさい》はドイツの雑誌で評判となった。さらに小屋の上空に舞うサンカノゴイと旋回するヘリコプターをひとつの画面で撮影したことが、さらなる評判を呼びこんだ。サンカノゴイは個体数が減り、しかも夜間活動するので姿を捉えにくい。ヘリと同一画面におさまるシャッターチャンスなど千載一遇《せんざいいちぐう》だったからである。

山森は大手新聞社の記者であったが、世界へ出たくてフリーになった。しかし名が出ることもなく、広報系の機関誌編集などで食いつなぐのが現実だった。その折り、出会ったのが茨城沼の開発だったのである。地元の反対派に近づき、若者たちとともに運動の先頭に立った。

「やっと俺にもツキがまわってきた」

環境先進国の欧州で名をあげれば執筆、講演会依頼もある。大学の教授に招聘《しょうへい》されるかもしれない。

茨城沼の開発主は大東京電鉄グループである。

総帥《そうすい》は関東の鉄道・不動産王の設楽昇《したらのぼる》だ。

山森は敵が大きいことがうれしかった。

敵がいるから悶着《もんちゃく》が起こり、感情が渦巻く。民衆の憎悪を一身に受ける存在がいるおかげで、自分は熱い感情を衣服のように纏《まと》うことができる。それはきっと、自分を世界へ押し出す。

3

「沼がじゃまなんだなあ」

地元選出で国土交通大臣となった亀井高雄《かめいたかお》は県の地図を見るたび、歯がゆい思いを噛《か》みしめていた。

茨城沼は東京都心百キロ圏内だ。土地を整備し、特急停車駅を誘致すれば人口三十万人規模の都市ができる。赤字行政が慢性化した県にとって、都心と直線的につながる衛星都市の誕生は夢だ。人口、雇用、税収の増大は権力の増大と正比例する。

「初期資金は膨大だが、間違いなく取り返せる。いや、金がわき出るぞ」

思いは募《つの》る。しかし開発規模が巨大すぎるのである。

バブル期を経ても開発の手が伸びなかったのは、二万ヘクタールに及ぶ広大な沼地の存在だ。水深が平均四メートルしかないことを除けば面積は湖に匹敵する。埋め立てて造成するには途方もない財力が必要だ。県の財政ではとうてい無理である。国も今は無理だ。財政投融資を預かる郵政は民営化され、公共工事予算も削減されたままだ。

ところが、

「金を出そうじゃないか」

と、ついに手を上げる人間が現れた。

それが、設楽昇である。

知事は大喜びした。すぐにプロジェクトチームを立ち上げ、県庁所在地建設並みの都市計画をスタートさせたのである。

同時に、計画を知った様々な団体から反対声明が出された。

「水鳥をどうするんだ！」

永田町の住人となった亀井とて、少年時代はこの沼で泳いだ。粗朴で美しい夕陽はこころの原風景としてある。

「とはいえ、五十年も前の話だよなあ」

長年の排水汚染で水はかつてのように澄んではいない。固有魚はバスとギルに荒らされている。

埋め立てて立派な町を作る方がよっぽど環境にいい。街路樹をいっぱい植え、水辺に公園を作れば世論も支持に回るさ……。

大臣の亀井と旧建設省出身の天下り知事は同郷であった。ふたりは会うたびに、開発こそ生きる道だと話した。

「もう、よがっぺ。やっちまおう。わきゃぁあんめぇ」

ふたりは少年時代の思い出を封印し、決断を設楽に伝えた。

設楽はすぐにいくつかの指示を出した。

すると数日後、謎のヘリが「サンカノゴイの家」へ向かったのである。

4

「うっせえなぁ」

大いびきを掻《か》く俊太の田舎顔に悪意はないが、その音は暴力的だ。

「小屋が揺れてるぜ」

若者たちが反対運動に賛同し、山森と共に小屋に泊まり込んでいる。

自分の話を熱心に聴き、酒を飲んでは寝てしまう。若者の環境意識は運動の盛り上がりに大切な要素だが、こう、うるさくちゃな。

山森は寝返りを打った。

俊太の横でもうひとり、稲作農家の息子も寝ているが、慣れているのか大きないびきは気にならないようだ。

水面を渡って来た風が山森の頬《ほお》を撫《な》でた。明け方の冷気に寝袋のぬくもりが心地よい。羽毛枕で耳の穴をふさぐと、いびきもカジカ蛙《がえる》の声に聞こえないこともない。

ところが、音の暴力はいびきだけではなかった。爆音が直線的に近づいて来たのである。山森は枕を強く耳へ押し当てたが、枕ごときではかわしきれない。ついには小屋ごと揺れはじめた。

山森はダウンベストを羽織りテラスへ出た。

ヘリコプターが小屋の真上で停止し、沼面に白波が立っている。

ふたりの若者も出てきた。

「何なんだ？」

山森は思ったがジャーナリストである。「これも撮っておこう」と一眼レフを持ち出して上空に向けた。しかし撮影はできなかった。見上げた山森の顔面に、大量の白い粉が降り注いだからである。

「！！！」

山森は、カメラを放り出し、両手両足を振り回して粉を振り払った。しかし次の瞬間、強烈な痛みが目を襲った。

山森は爆風さざめく水面へジャンプした。冷たく濁った水の中で目を見開き、激しく首を振った。本能的な生命防御判断だったのかもしれない。

若者ふたりは、立ちこめるにおいに気づいた。

「こりゃ、農薬じゃ！」

ふたりには慣れ親しんだにおいであった。ふたりはドアをとっさに閉め籠城《ろうじょう》してしまった。

ヘリの役目はそれだけであったのか、上昇して飛び去った。

爆音は去った。若者たちは戸口を開けた。農薬のにおいが立ちこめている。ふたりはタオルを口に当てて出てきた。

「山森さん、大丈夫ですか〜」

俊太はタオル越しに声を出したのだが、返って来たのは断末魔の声だった。

「た、たすけてくれ！」

大型の懐中電灯を持ち出し、声の方向を照らすと山森が水面でもがいていた。

山森は水泳の選手だ。俊太は沼で悠然と泳ぐ姿を何度も見ていたので、飛び込んだとて安心していたが、見れば山森は妙な姿勢になっている。両肩は水面へ出ているが、首がうつむき、顔を水に浸《つ》けたまま両手で水面を叩いているのである。わざわざ、自分から溺《おぼ》れているような姿勢だった。

俊太は上衣を脱ぎ捨てて飛び込んだ。山森に取りつき山森の顔を水上へ引っ張り上げた。

　山森は荒い息で言った。

「目が潰《つぶ》れそうだ」

　俊太はのたうち回る山森を、小屋を支える柱まで引っ張り、小屋のテラスへ叫んだ。

「救急車呼べ！　農薬にやられたんだ」

　俊太は山森を小屋につながれたボートへ持ち上げた。

「山森さん、ちょっとの辛抱だ。病院行けば解毒薬もある」


　山森は緊急入院した。

　水に飛び込んだことは最良の選択であったらしく、角膜に残留農薬はなかった。さらに不幸中の幸いか、一般的な空中散布の農薬だったため病院に解毒剤が常備されていた。毛細血管から入り込んだ成分を解毒してゆけばよい。

「飛び込まなかったら失明していたかもしれない」

　医師はそう言った。

暴力はわかりやすい脅しだ。

「闘士」山森の心に、二つの感情が渦巻いてしまった。

ひとつは野心である。

これはメディアを動かす大事件だ。襲われた自分の発言は注目の的となる。強烈な実体験の記事をものにできれば、環境ジャーナリストとしてさらに注目される。

二つめは恐怖である。

ひとりのジャーナリストの力など毛ほどの抵抗にしか感じない力の存在である。見事なレポートを書いたとして、世に出る前に、本人が生きていないことだってある。

痛さは尋常ではなかった。治ると聞いても恐怖感は拭《ぬぐ》えない。

眼帯で両目を覆われたまま、山森は迷いの闇の中で時を過ごした。

5

数日後、目の包帯をはずす日が来た。山森の気持ちは濁《にご》ったままだった。

しかし、目の前に広がった世界は濁ってなどいなかった。見事なほどきれいに澄んでいたのである。

ベッドの傍らに地元の小学生が六人、ひとりひと束の花束を持って並んでいた。ひとりの女の子は涙ぐんでさえいた。病室に入れない人間が廊下へ続いていた。開発反対の象徴である山森を励ますため、地元住民が押し寄せたのである。看護師は手紙の束を抱えていた。

「手紙は千通を超えています。アメリカからは電報も来ました。モーガン・フェアチャイルドさんやジャック・ニコルソンさんからも。こんな人たちもお友達なんですね」

ハリウッド俳優の名には山森も驚いたが、山森の迷いを完全に吹き消したのは一通の封書に同封されていた大判の写真であった。差出人不明だったが、設楽昇と知事が肩を寄せる隣で、関東最大を誇る広域暴力団の主、山本勘助《やまもとかんすけ》が大口を開けて笑っていたのである。

ひとりの人間ができることは少ない。短い人生の内、ひとりの人間が「正しく」世界を動かす、そんなチャンスは滅多に巡って来ない。

山森は目の前の子供たちに誓った。人生観さえ、この瞬間に変わったかもしれない。

山森は封筒の束を持って廊下へ出て、そこに並ぶ人たちに深々と頭を下げた。

拍手が起こる。

俊太が言った。

「山森さん、手伝いましょうか？」

「そうだな」

山森は差出人不明の手紙一通を抜き取り、他を俊太に渡した。

「これ全部、町役場に張りだしてもらおう。気持ちはきっと伝わる」

「それいいですね！　わかりました」

山森は着替え、医師や看護師に挨拶《あいさつ》をして病院を出た。

俊太が言った。

「小屋へ戻るんですか？」

「いや、俺は出かける。お前たちは仕事があるだろ。仕事はサボるなよ」

俊太は、

「わかりました。明日は漁に出ます。でも、小屋も掃除しておきますよ」

と言って、帰って行った。

山森は病院前のタクシーに乗った。

「東京へ行ってくれ」

運転手が首を回した。

「東京ですか？」

百キロの距離である。

「一時間で着いたら二十万円払うぞ」

運転手の目が輝いた。

「わかりました。行きましょう」

運転手は燃料メーターを確認し、帽子をきつくかぶり直した。ギヤをがちっと入れると、病院待ちの車には似つかわしくない急発進で、大通りへと飛び出た。


次の朝。

全国紙の特報となった写真は大スキャンダルとなった。

亀井国土交通大臣は記者に追いまくられた。

「俺は関係ない」

「関係ないはずがないだろう！」

「俺は写真に写っていないじゃないか」

「トイレで席を外しただけだ。みんな知っているぞ」

実際、亀井はトイレへ行っていたのだが、知らぬ存ぜぬを通すしかなかった。

設楽からもらった金はすべて秘書名義である。自らに降りかかる証拠は存在しない。

「知事は向こう側へ残すしかないな」

時期が悪すぎる。衆議院の解散目前なのである。選挙前に世間を敵にまわすことだけは避けねばならない。

火消しに金はかかるだろうが……。

それはなんとかせねばならん。

総帥は何を聞かれても、それがどうした、というところであった。

ただ、事業開発を担当する大東京電鉄財務担当役員の首を飛ばした。

しかし、そんなことは誰も気にしなかった。

サラリーマンの首など、些細《ささい》なことであった。

第1章

1

「忙しいんだから、つきみ野駅から乗ればいいじゃない」

眉毛《まゆげ》のない女房がいらついた目つきを前方に、ハンドルを握っている。

「今日は創作パンを横浜まで持って行くのよ。私の夢がかかっているんだから」

夢ね……悪いとは言わないが、女房の久里子《くりこ》は今年五十五歳である。

昨年の末、何を思い立ったかパン職人になる、と現実離れしたことを言い出した。

フランスパンサークルなるものに参加しているようだが、カルチャーセンターの悪影響にもほどがある。実際は新興宗教に洗脳されたのではないのか？

駅へ向かう五分の間に毎度の小言を聞かされる。朝の貴重な時間を奪う私は疫病神《やくびょうがみ》の扱いだ。

昨今、我が家の食事は朝も夜もパンである。久里子は毎日、粉をこねて焼く。近所に分けても余るほどの量を焼く。

「いろいろ試さないとわからないから」

四六時中、ダイニングテーブルにパンの山がある。捨てるわけにはいかない。それで、食うしかないのである。

パン、パン、パン、またパン。

コメと納豆の朝飯で育った私だ。

「またパンなのか?」

言いたくなるが、言っても一緒なので、無口になった。

しかしこの一年あまりで、久里子はあきらかに腕を上げた。今朝食った焼き上がりのパンなど、なかなか旨《うま》かった。

店に出してもいけるんじゃないか……思ったが言わなかった。そんなことを口に出せば図に乗ってしまうからだ。それで「素人《しろうと》なりにもていねいに作ったな」とか言ってやったのだ。女房はふてくされたが、そういう評価こそ褒《ほ》め言葉である。何年夫婦をやっておる。わかろうというものだ。

久里子は顔に不機嫌を貼り付けて、今朝も私を駅まで送る。

「今日はフランスの有機小麦で作ったのよ。きっとみんな驚くわ。十時までに横浜なのよ。忙しいのよ。帰りは仲間と中華街だから、夕飯は朝のパンね。いやなら食べて帰ってきてもいいわ」

勝手なごたくを並べる女房であるが、焼きたてのバゲットはパリの香りがしたのである。フランスパンにはフランス小麦なのか。材料を替えると違うものだな、と感じたのは確かだ。

しかし、

「フランス小麦ってのは、俺への当てつけか」

私はひとりごちた。

「何ですって？」

女房の知らない話である。答えるのを止《や》めると会話も途絶えた。

つきみ野の住宅街を抜け、朝の光がまぶしく変わりはじめた幹線道路を走る。

日々決まった景色、疑うことのない日常だ。

私は勤続三十三年の電鉄マンである。まああの私大経済学部を出たが凡才だ。自分自身も含め周囲から期待もされず、就職面接を連続で落ちた十社目、大手電鉄会社の大量採用に拾われた。

一生サラリーマンの人生だ。課長くらいで定年だろう。私大ならそんな程度だ、と予想通りのサラリーマン生活を三十年以上やり過ごしたのだが、人生には青天の霹靂《へきれき》も起こり得る。三年前、予想外の出来事から格上げされ、財務部長になってしまったのだ。

万年課長確定の私が会社の資産を預かる財務部長に指名されたのは、前職が左遷《させん》される事件が起こったからである。

財務・経理部は大幅に人事を刷新し、部長には私のようなうだつの上がらない人物を任命した。

「世間体だよ」

取締役人事部長が言った。

まあ、そういうことだろう。私もうなずいた。

2

事件とは、茨城沼開発に伴う裏金の発覚である。

三年前、我が社は茨城県の持ち物である二万ヘクタールの沼地を二百億円で買う契約を取りつけた。破格値である。それはまあ、総帥の営業力、または影響力、商売上手と言えばそれまでだ。私を含め社員は「さすが」と敬服するしかなかったが、県との売買契約が書面上、二百五十八億円となっていたことが告発されたのである。五十八億もの裏金疑惑だ。私は経理課だったが、金の行き先を知らせてもらえるほどの地位にはいなかった。

どんな情報でも極秘に存在させることができない時代が来ていた。インターネットの普及で情報扱いに手慣れた市民オンブズマンなど、かつて権力構造の中に存在しなかった「声」という強大な力が、いとも簡単に悪を暴いたのだ。匿名の投稿で、ヤクザが環境団体を襲撃する現場動画さえネットに流れた。

姿の見えない声の力が既存のパワーバランスを変える時代になっていた。

そこへ爆弾級の写真である。知事と暴力団と総帥の笑顔が新聞の一面を飾った。そして国政政治家のしっぽが見えはじめたとき、開発は突然中止されたのである。

すでにブルドーザーはヨシ原を破壊していた。その段階での開発中止である。まったくもって節操のない結末となった。自然はいつか再生するのだろうが、干潟《ひがた》の再生は百年かかるという。

私は行き場をなくす鳥たちを想い、胸が痛んだ。

しかし、会社員としての立場は全く異なる。トップが決断して行ったことを疑うことなど許されないのである。

クビを切られたのは資金繰りを担当した取締役財務部長であった。その職からしていろいろと動いてはいただろうが、二百五十八億の金を取締役の一存で動かせたはずがない。指令はグループ総帥であるオーナーから出たに決まっているが誰もそんなことは言わない。

裏金は疑惑だけで結局うやむやになった。開発事業そのものが中止されたからだ。

我が社は開発撤退に百億円が必要だった。さすがにこれは隠すことはできず損金となった。

　損金の穴埋めは誰の仕事か？　新任部長となった私である。

　ところが、世の中はおかしい。さして能力のない私が部長職に就《つ》いたにもかかわらず、一年あまりで負債が消えたのである。大きな金ほど埋め合わせがきくのは日本社会の不思議な仕組みだ。数十万円の負債で破産する個人が絶えない中、巨大企業なら百億の金さえ銀行や行政が寄ってたかって何とかしてしまう。事実、私の元で損金処理は順調に進んだのである。

　もちろんそれは私の力などではない。総帥の後光だ。都市銀行の幹部さえ総帥に反抗することに恐怖心を持っている。

　とにかくこの金は数行が資金を出し合い、一件落着した。

　一年で百億を処理。見事な成果だ。

「出世街道に乗った」

　私は思っていない。会社も思っていない。誰も思っていない。

　案の定、私は褒められもせず、昇進もしなかった。クビを切られた役員の後釜《あとがま》には、外資系コンサルタント会社から十歳年下のバタ臭い男がやって来た。総帥が引っ張ってきたのだ。

バタ臭い男、和田卓《わだすぐる》はCFO（財務担当常務執行役員）となり、私の直属の上司となった。

3

新しいCFOは宇宙人だった。来て早々、私には宇宙の話としか思えないデリバティブなどというヘッジファンド手法を導入した。ファイナンス業務が長く、いちおう経理と財務のベテランである私にしても、先物市場を舞台にした高速取引など難解きわまりない。

和田は世界のカリスマ投資家と呼ばれるジョージ・ロジャースが率いるヘッジファンドのパートナーであった。香港を主戦場に金融の修羅場をくぐってきた人間で、個人資産数百億と目される有名人でもある。ロジャースファンドは投資家から預かる金額の最小単位が二十億円、それ以下の金額はゴミと言うようなファンドである。現在、石油をありったけの金で買い続けているという。ありったけの金というのがいかほどの金額なのか、一介のサラリーマンには想像しようもない。

私とは所詮《しょせん》違う世界の話である。

わかるのはただ一点、いつなにが起こって、前職のように責任を取らされて不思議はない、ということだけだ。

突然、和田は私に、

「フランス小麦を買ってみろ」

と言った。

ヘッジファンドも農産物の先物市場も、私には恐怖以外の何ものでもないが、「狙い目の銘柄だ。それに損をしたとしても経験だ」などと言う。

私は買った。三十億円。会社の金である。私は穀物のこともヨーロッパ市場のことも知らない。言われるままに買った。すると、あれよあれよと値が下がり、五億の損が出たのである。

和田は、私から役員会に報告しろと言う。

私は顔を赤らめ情況を報告した。勢い余って、いろいろ言ってしまった。

総帥が驚いた顔をした。

「損も経験だって？　和田君、そんなこと言ったのか？」

「まさか。何の経験ですか？」

「そうだよねえ」

総帥が私を見据えた。

「高橋《たかはし》君。買っちまった小麦をどうするんだね？」

私は凍り付いたが、総帥は言った。

「パン屋でもはじめるか」

「それは名案ですな」

和田は笑って反応し、

「高橋部長、おいしいフランスパンをお願いできますかな」

と言ったのだ。

私には何とも反応しがたいやりとりであったが、総帥は大口を開いて笑い出したのである。

ふたりにとって五億など小金なのかもしれない。別の取引で取り返せば良いと思っているようだし、ＣＦＯは気に入らなければいつでも会社を去る、そんなスタンスが明らかだ。

会社を去るイコール「死」を意味する私のようなサラリーマンとは精神構造が違う。

数人の役員と目があった。

「お前の責任じゃない」

「笑うんだ。時代は変わっている」

いくつもの目が告げていた。

私は無言で机に礼をして着席した。

4

私がつきみ野に家を買ったのは一九七六年の冬だ。日本の高度経済成長まっただ中の昭和五十年代である。宅地開発が進んだ林間地区まで大東京急行線が延長され、翌一九七七年の四月には渋谷へも直結した。

それまでは都内の社宅に住んでいた。会社まで三十分の近さではあったが、中学生になった息子と一歳違いの娘を抱える社宅は、むさ苦しいとしか言いようがない狭さであった。私も久里子も旧世代としては現代の若者並みに背が高かった。その血を受け継いだ子供たちは巨人だった。息子は中学一年で身長が百八十を超えた。サッカーのゴールキーパーだ。娘は小六で百七十、バレーボールの東京選抜に選ばれた。嫁のもらい手があるかと心配するほどの体格だ。

社宅は檻に閉じこめられた巨人族の巣であった。息子は一日何度も鴨居《かもい》にアタマを打った。部屋はいつも汗くさい。四人そろって家にいると酸素が足りない気がした。誰かが外へ出ていることで、ひとりあたりの占有容積が増える。そんな無言の圧力。主人であるという理由で私の居場所が確保されるわけはない。読書は図書館、ジャズは喫茶店でという場所の使い分けでバランスを取っていた。

とはいえ社宅である。家賃負担は給与の三十分の一だ。大手企業従業員の付加特権である。これは私の自慢のひとつであったことはたしかであった。

入社十年目で経理係長になり、三十五年ローンも大丈夫だ、と目算して家を買った。なんと言っても勤め先は大手電鉄会社だ。潰れることはないし終身雇用だ。住宅ローンは無審査でおりたし、会社からも、組合からも金を借りることができた。私は気合い一発、未来への希望を胸に新生活をはじめたのである。

私の買った家は、真新しいつきみ野の駅舎から徒歩圏内の戸建て住宅だ。田園都市と呼ばれる新興住宅地で、勤め先のある渋谷へ直結している。

月見草が生い茂《しげ》るところから名がついた「つきみ野」。

ロマンチックじゃないか。

私は生まれてはじめて持った庭に月見草を植えた。

女房の久里子もまだ、春の花びらのような頬をしていた。

通勤は快適だった。始発駅に住む幸福である。座って渋谷まで通勤。途中駅で乗ってくるサラリーマンたちの苦労を脇目に、優越感に浸《ひた》っていた。

ところが八年後の一九八四年、田園都市線がひと駅延長され、つきみ野は始発駅ではなくなったのである。急行停車駅でもなくなった。

ひとつのしあわせが終わってしまったのである。

希望に胸をふくらませているのか、新興宗教の洗脳でハイになっているのか、よく喋《しゃべ》る女房の運転で中央林間《ちゅうおうりんかん》駅に着いたが、腕時計を見ると八時を二分回っていた。女房が朝からバタついていたこともあり、わずかながら出遅れてしまったのである。たった二分の遅れだが、これでいつもの列車に座れるかどうか微妙な勝負になった。

5

自宅からはつきみ野駅が徒歩五分で近いが、ひと駅離れた中央林間駅からは急行の始発が出る。一九八四年に田園都市線が中央林間までつながると、多くのつきみ野在住のサラリーマンはひと駅女房に送らせ、始発列車に座っていくようになった。中央林間駅まで歩いても一キロ強であるが、道中は谷を越える。一度、歩いてみたことがある。健康を意識してみたのだが、健康どころか膝《ひざ》が痛くなって整骨院に通うはめになった。

渋谷までは一時間である。座れるかどうかの差は大きい。私は遅れを少しでも取り戻そうと階段を駆け、息を切らしながら列へ入り込んだ。

東京スタンダードは三列乗車である。前から四列目の真ん中へ滑り込んだ。まずまずだった。他の列はすでに五列目ができていたからだ。しかし、微妙である。四列目の真ん中は勝負のポジションだからである。

急行列車は七人がけの一列座席となっている。車両に四つある入口の真ん中二つに並べば、左右それぞれ手前に七人がけ、向かい側にも左右七人がけの座席がある。三列目までに並べば座れる。五列目以降は絶望的で、四列目はしのぎ合いのポジションだ。三列目が座った残りの席を、隣の入口から襲いかかる乗客とのイス取りゲームになるからである。確率的に言えば座れる可能性は高いが、判断を間違うと座れない。還暦間近の体力・気力で集中力を高めるのはたいへんだ。十五分待てば次の始発に座れるのだが、この十五分、早く起きるというのも、これが、なかなかにむずかしい。

座席争いなど大人げないと心では思っている。しかし私は集中力を高めた。都心部までの小一時間、座れるか座れないかはその日一日に影響する。強みは経験と知識だ。動線ロジックを把握している私は、四列目でも座れる確率が高い。

左右のドアを見る。左側のドアは車両の端だ。車両連結部は座席数が少ない。列に並ぶ客の年齢層を見る。二十歳代が多く女性の比率も高い。これは重要なファクターである。若者は座れるときはさっと座ってしまうが、微妙な順番だと座席を目指さず、ドア付近や、つり革でもベターの場所を獲得して「立ち席」のスペースを確保にかかる。熾烈《しれつ》な座席争いは四十～五十歳世代で繰り広げられるのだ。右を見る。若者がいない。手にケータイや文庫本を握るネズミ色のスーツ族は伏せた瞳にオオカミの野性を秘めている。座席を確保して、朝の通勤を有意義な時間へ変えようという炎のような魂胆だ。右側の四列目はまさしくそういった類《たぐい》だった。平静を装ってはいるが、ドアが開けば襲いかかる。さかりの付いた猛獣である。

さて、と私は考えた。座席の絶対数からいうと、右側に座れる確率が高い。成功率七十五％だ。左側は五〇％。優先座席は三人がけだからである。ただし、左側の四列目には二十歳代の若者が並んでいる。座席争いをせず、最初から立つ可能性が高い。

微妙な差ではあるが、私は経験に則し、左を目指すことにした。

電車が入ってくる。ドアが開いた。余裕の一列目と二列目が座りはじめる。三列目が四列目に押されながら入り込む。私は前の人間の背中を微妙に押しながら左側を目指した。しかしあにはからんや、動きの俊敏な若者がさっと座って席が埋まった。左側を目指した戦術のミスである。この段階で他に空き席はない。

失敗である。しかしここで集中を切ってはいけない。敗者復活戦、もうひと作業ある。ベストなつり革を確保するのだ。私は並んでいる間に目星をつけておいたひとりの乗客の前に立った。顔見知りである。といって知り合いではない。地味な背広や読んでいる雑誌から推測すると大森に向かう日立関係の人間と推察できる。ならば二子玉川で降りる。私はそこのつり革を持った。ただしまだ気を抜けない。乗り換え客の空き座席を狙うハイエナは自分だけでないからだ。

長津田《ながつた》では中央林間からと同じくらい多くの乗客が乗ってきた。この駅から乗る客は奇跡でも起こらない限り座れない。ほとんどの客は座ることを目指してはいないが、中には聡《さと》い人間もいる。戦術はただひとつ。途中の駅で降りる客の前を確保するというものだ。ドアが開き、一斉に客が入ってきた。私の横へ入り込んできたのは、これも見知った顔である。むろん知り合いではない。しかし戦術家だ。まだ隙間のある車内なので、その男は日立社員座席跡地獲得戦に参加しようと身を寄せてきたのである。しかし私も心得たもの、微妙なスペースは肩を張って譲らず、男にドアの近くのスペースしか与えなかった。

日立男が立つときは当然ながらドアへと向かう。ドア側に立つと降りる客の動線とぶつかり、からだがふれあう。その間に、奥側に立つ客がするりと座れる。これを知っていると、座れる確率はずっと高くなる。とにかく微妙な立ち位置を青葉台《あおばだい》までの間に確保せねばならない。青葉台からは超満員となる。戦術などあったものではなくなるからだ。二子玉川で座ることができれば、息もできなくなるほど込みあう渋谷までの混雑を座席で迎えることができる。

しかし今日は予想外のことが起こった。日立男が降りなかったのだ。二子玉川のひと駅前、二子新地でとなりの戦術男と臨戦態勢になったが、日立男が降りなかったので、ふたりとも緊張の糸が切れた。

おたがい、

「がっかりなんてしていない」

「座席を取る戦いだって？　とんでもない」

とテレパシーを交わしただけだ。

サラリーマンの小さな日常、小さな幸せを目指して日々努力している。

こんな小さなことでも、変わることのない日常が狂うと、とても疲れる。自分の小ささを意識し、サラリーマンなんてつまらない人生だ、と自己否定をはじめたりする。

満員列車は渋谷に着いた。

あ〜

私は重い足を引きずって会社の通用口をくぐった。そこにもまた、疲れる一日が待っていた。

6

フランス小麦で叩かれた会議のあと、遅い時間に食堂に入った。お偉いさんたちは役員専用食堂へ行き、和田は総帥と出かけた。昼食にもワインを出すようなレストランへ行くのだ。私はもちろん一般従業員と同じ社食である。

同期で人事部長の秋山《あきやま》がひとり、列に並んでいた。

部長になってしまうと一緒にメシを食ってくれる人間が減ってくる。

うしろに並び、秋山の肩口に呪《のろ》いの言葉を垂らした。

「パン屋をやれと笑われたよ」

「気にするな」

秋山は知っていたようだ。

秋山は出世が早い。私と同じ部長職だが四十代前半で抜擢《ばってき》された。たまたま役が回ってきた私とは期待度が違う。秋山は言った。

「三十億円分のフランス小麦だってな。コッペパンなら何個作れるんだ?」

「何を言うか」

秋山も役員一歩手前の人間である。ここから先の階段はオーナーに直接触れるステージである。いろいろなものを殺しながら上がって行かねばならない。

自分を殺し、家庭を殺し、そしてつかみ取る。自分を殺し続けただけで何もつかめず挫折した社員は数え切れないが、道は前へのみ続くのだ。同期は仲間であるが、助け合うことができない戦友でもある。

秋山は言った。

「百億を一年で返したんだろ。五億なんぞ、ひと月じゃないのか」

秋山は返事を求める風でもなく、配膳カウンターからハンバーグを取り上げた。

食堂の一番人気は特製デミグラスソースのハンバーグだ。冷凍だろうが、不満があるわけではない。

「できるかもしれんさ。しかし俺にはどうやったらいいのかわからんよ。上にまかせるさ」

「貧乏くじは引きたくないな」

「それも上次第。俺たちがどうこうできる次元じゃない」

いくつもの邪念が常にアタマにある。しかし小心者の私とて経験を積み日常をやり過ごす術《すべ》を身につけた。多少の叱責《しっせき》で落ち込むことはない。どこに道があるか見極め、行動を規定すれば無難に収まる。楽なものだ。

食事を終えて部署へ戻ると、席に和田からのメモがあった。

日曜日に臨時役員会を開催する。朝八時に出社すること。

何が緊急なのか。私には興味もなかった。

7

部長になってから、月に一度は日曜出勤をしている。

しかし朝八時というのは異例だった。和田の秘書に訊《たず》ねると新規事業開発担当役員、系列不動産会社の社長、外国からの人間も出席するという。世界に名が知れたファンドマネージャーということだったが、私がその名を知るはずもなかった。

日曜出勤の良いところがあるとすれば、電車が空《す》いていることだ。つきみ野駅から各停に乗り、長津田で急行に乗り換える。

駅まで歩くので、女房の小言を聞かなくて済む。

朝食は相変わらずのパンだったが、出がけに食べたバゲットは旨かった。

女房がうれしそうに、

「ライ麦を使って酸味を強くしたの。サンフランシスコ風よ」

そう言われれば、ヨーロッパの中にカリフォルニアの風が吹いたような気がした。

私は朝刊を小脇に抱え、早めに家を出た。外部のゲストも参加する役員会である。一時間前には会社に到着しておきたい。

つきみ野、五時四十分発の各駅に乗った。ドアが開く。乗客は私ひとりだ。

次の南町田で年老いた女性がひとり乗り込んできた。

腰が直角近く曲がった小さなひとで、座席の腕につかまりながらゆっくりと座った。毛糸の上衣にだぶついたズボン、地下足袋《じかたび》のような履き物。からだには大きすぎる籠《かご》を座席に置いた。

農家のひとなのか？　チラと見た。このあたりにはまだ田んぼも畑もある。

しかし私は思った。日曜でよかったなと。平日の満員電車は腰の曲がった老齢につらい。

休日の早朝である。私は新聞をいっぱいに広げた。

たたみながら読むこともない。社長の気分である。

日曜の朝刊は分厚かったが、たいした記事はなかった。昨夜のテレビで観たニュースばかりだ。少し寝るか。新聞をたたんで目を閉じようとしたが、向かいに座る女性がじっと私を見ていたのである。

私の顔に何かついているか、と思ったがそんなことではなかった。女性は私に話しかけてきた。

「おはようございます」

小鳥のような声である。

「お、おはようございます」

「いつもごくろうさまですね」

「え、ええ、まあ」

会ったことがあったか？

平日の満員電車しか乗らない私だ。歩くのもたいへんそうな老女と通勤列車で会うことはない。

女性はそんな思惑など気にもしないようであった。私はどうしたらよいかわからなかったが、女性は籠に手を入れ、白い紙袋を取り出した。そしてそれを手のひらに載せ、私に差し出したのだ。

「これ、どうぞ」

「え、なんですか？」

「パンですよ」

「パン？」

「はい」

「パンって、食べるパンですか？」

「はい」

「でも、なぜ？」

「あなた、パンがお好きでしょう」

「………」

女性の顔はしわが深く刻まれていた。永年の農作業の厳しさを物語っているのかもしれない。しかし濡《ぬ》れる瞳は活き活きとして、黒目の真ん中には星があった。

当惑する私に、女性は言ったのである。

「どうぞ。ほら、受け取って」

長津田に着いた。ドアが開いた。誰も乗ってこない。私たちふたりだけだった。女性は私を見つめたままだ。

私は白い紙袋を受け取った。

「しあわせパン」

と店名が印刷してあり、住所があった。大和市公所……公所？　たしかこれは、つきみ野の古い地名じゃなかったか？　何と読むのだったか？

私は訊ねた。

「パン屋さんなのですか？」

女性はにこやかにうなずいた。

「はい」

「でも、どうして、私に」

「ほら、できたてですよ」

「いや、そういうことではなくて」

女性は私を見つめるばかりである。

「そうですか。それではありがたく」

私は紙袋を開けた。ひと握り大のフランスパンである。

「ブールです」

「ああ、バゲットの小さいものですね」

「素敵です。パンの種類をご存じでいらっしゃる」

「ブールはパン職人を表す『ブーランジェ』の語源でもありますね」

毎日、下手をすれば一日三回パン食である。訊ねもしないのに女房に解説されるので種類を覚えているのだ。

「その通りです」

女性はうれしそうに、しわを深くした。

紙袋はわずかに温かい。温《ぬく》もりが手のひらに伝わる。

女性は相変わらず私を見ている。いま食べろということなのか。

長距離の特急列車なら駅弁を食ったりするだろうが、通勤列車でものを食べたことはない。ただ、今日は貸し切り状態だ。途中駅で誰ひとり乗ってこないのも不思議だったが、そういうことならと、大口でかぶりついた。

舌から喉《のど》から、味覚を感じる器官すべてが驚いた。

旨い!!

なんという香ばしさであることか。

サクッと噛んだあとに広がる、いかにもフランスパンらしい味わい。軽いが、しっかりした口あたり。わずかな塩味に続く甘さ。バターでもジャムでも、ワインに合わせても絶品だ。女房も腕を上げているが、これは異次元の味わいである。

袋を目の高さに持ち上げ住所を確かめた。大和市内なら我が家から車で二、三十分の距離である。

「これは、失礼しました」

私は言った。

「ご近所にこんなおいしいパン屋さんがあるとは、まったく知りませんでした」

女性は言った。

「ぜひいらしてください」

「あなたのお店なのですか?」

「はい、パン屋でございます」

私は身を乗り出した。

「ぜひ女房を連れてお伺いしたいです。じつは女房のやつ、パン作りに凝《こ》っておりまして、プロは違いますね。フランスの小麦がいちばんとか、わかったようなことを言うのですよ。しかし、ほんとうに。これはすごい」

私はふたくち、そしてみくち、飲み込むように食べてしまったのである。

私の全身にしあわせ気分が満ちた。

その名の通り「しあわせパン」である。

日曜の早い時間ではあったが、この日、渋谷まで誰も乗ってこなかった。

実に妙な朝だった。私はパン屋だと言う女性とともに、穏やかで不思議な時間を過ごしたのである。

終点に着いた。ホームに降り立った私たちは礼をしあい、改札に向かおうとした。すると女性は不思議な行動をとった。ふたたび中央林間行きの列車に乗ろうとしたのである。

「え、戻るのですか？」

私は訊《たず》ねたが、女性は籠を担ぎ、腰を深く曲げた姿勢ながらするすると進み、列車に乗り込んでしまった。

私は女性が座るまで見ていたが、腕時計を確認し、女性にもう一度頭を下げて改札へ向かった。

8

臨時役員会で緊急発表があった。田園地区三平方キロメートルの住宅開発プロジェクトが資金ショートを起こし、緊急ファイナンスが必要になったというのである。

寝耳に水だった。資金ショートだって？

どうして財務部長の私が知らないのか。

総帥が矢継ぎ早に吠《ほ》えまくる話は広報発表できないオフレコの話ばかりであった。

要は地元対策に想定以上の金がかかったのだ。

新規事業開発担当役員、系列不動産会社の社長が頭ごなしにどやされた。

「お前らはガキの使いか？　威勢よく札束積んだだけか？」

開発反対住民の一部が居直っているらしいのである。

大型土地開発の常だ。住民の立ち退《の》き問題が簡単に解決することはほとんどない。金額上乗せ、代替地提供と段階的におさめるのだが、絶対に引っ越さないという地権者は必ずいる。時には裏社会の力も借りて暴力的に排除してもやり遂げる。土地開発は手を付けたが最後、勝者と敗者しかいないビジネスなのである。

どこの誰にどれほどの金がかかったのか、私のような立場の人間に明かされることはなかった。金をどこかでつまんでこい、と命令されるだけだ。

今回はなんと三百億円である。

そんな額、私が調達できるはずがない。しかし私は驚かなかった。驚かないための修練は積んでいる。

会議は一時間で終わり、上司は外国人達と昼食に出かけていった。私には関係ない。私はさっさと家に戻った。


帰りもつきみ野駅から歩いた。木枯《こが》らし一号が吹いたばかりの関東は冷気に包まれていたが、空は真っ青だった。

天高く馬肥ゆる秋である。

腹が昼飯時を告げていた。家に帰れば食い物はあるだろうが……もちろんパンである。駅前で蕎麦《そば》でも食って帰るかとも思ったが、パンでいいか。

女房もがんばっているし。

玄関を開けると、かしましい声が響いていた。

久里子のサークル友達がふたり来ていたのである。

「あら、早かったのね」

久里子が私をチラと見ただけで言った。反対に客人達はキッチンから出てきて、エプロンをはずしながら挨拶してきた。

「お邪魔しております」

ひとりは本当に五十歳代と思しき主婦、ひとりは二十歳代前半かと見えるお嬢さんである。年かさのほうが言った。

「奥様は本当にお料理上手です。わたしもあやかりたい」

女房は出てこない。キッチンから声だけで言った。

「今日はお総菜パンを作るわ。ハーブチキンサンドよ」

お嬢さんが言った。

「ハーブチキンなんて、フランスみたいですよね。私には考えもつかない」

そうなのか？　考えつかないのか？　ハーブってフランスなのか？

まあ、よい。若い娘が感心するのだから、だいたいは大丈夫なのだろう。

女たちは作業に戻った。

私は二階に上がり、鞄《かばん》をデスクに載せた。とりあえず、明日までに資料に目を通しておかなければならない。資金調達先は銀行借り入れだけではなく、私には未経験の手法も駆使するらしいのだ。そういうことなら見たってわかるはずがないのだが、見ないわけにもいかない。

私は兵隊である。鞄から会議資料の入った封筒を取り出した。

するとと、封筒とともに白い紙が飛び出したのである。

しあわせパンの袋であった。

「おっと。これを先にしよう」

地図で場所を確認しようと思っていたのである。

私は書棚から近隣地図を取り出した。

「公所……なんて読むんだったか」

老眼鏡を掛け、大和市の北部、町田市との境あたりを指でなぞりはじめた。

公所と名がつく場所がいくつか存在する。バス停もあるようだ。

「おおざっぱな地図じゃわからんな。図書館へ行くか。いや、それより」

私は思った。行ってみればいい。所詮ご近所である。

「天気もいいし、女たちはかしましいし、会議資料なんぞあとまわしだ。ハーブチキンランチだったか。豚もおだてりゃ、いそいそと作るだろう」

それで、すこしおだててみたのである。すると大盛りのハーブチキンサンドイッチ弁当ができてきた。ご丁寧に柿と梨が剝《む》いて添えてある。

女たち三人が六つの目を揃《そろ》え、上手にできましたでしょ、いかがですか？　とでも言いたげに、私の目をのぞき込んできた。

食べる前からそんな目をされても困るではないか。

「で、では出かけてくる」

雲ひとつない秋晴れであった。

私はそそくさと出かけた。


しかし住所を辿《たど》ったことでたいへんなことを知った。

ランチどころではなくなったのである。

9

その住所に、そのパン屋はあった。

しかし、廃屋となった木造二階建てだったのである。

白いトタン張りの看板に「しあわせパン」の赤い文字。正確には、かつて赤かったであろう、そんな色なのだ。パン屋と知っていればパンと読める程度だ。

周辺は見渡す限り整地が終わっており、建て売り住宅用の区画整理がはじまっている。

住民の影はない。この一角はゴーストタウンになっているのだ。

パン屋の両隣に洗濯屋と本屋が軒を並べていたが、どちらの店の外壁にも激しい暴力を受けた傷跡があった。

洗濯屋の錆《さ》びたシャッターに目を凝らすと名刺が張られていた。老眼鏡を掛けて見た。名も知らぬ土建会社の名刺である。名刺の上に「占有物件」とマジックで書いてある。裏社会のにおいがぷんぷんする。

私は改めてパンの白い袋を取り出した。該当住所はここである。

しかしこれはいったい、どういうことなのか?

私は近所を歩き始めた。私は散歩で道に迷った老人を装い、数名の住民に訊ねてみた。しかしほとんどは私と同じように、他の街から移ってきた住民で、パン屋のことは知らなかった。

私は足を延ばした。残り少ないが近隣には農家がある。元々の住民だ。ちょうどネギを収穫している方がいたので、私は呼びかけた。そこで、まさしくその店が、かつて「しあわせパン」であったことを知ったのである。

「旨いパンだったよ」

赤銅色《しゃくどういろ》の肌をした男性が陽に顔を上げた。都心から一時間離れれば、まだこんな農家がある。男性は首からタオルをはずし、額の汗を拭いた。

「うちは代々米作なんだよ。減反もあってさ、田圃《たんぼ》の一部をネギ畑に変えはしたが、元々パンなんてあんまり食わねえ。でも智恵子《ちえこ》さんのは旨かったさ。しあわせパンってえんだよ。皮の固いフランスパンだな」

私は訊ねた。

「智恵子さん、と言うのですか?」

「ああ、そうだよ。パン名人だ」

「それで、あのパン屋さん、どうなったのですか?」

「なんだ、知らないのか?」

「………」

「このへんは騒動続きだったんだよ。今も燻《くすぶ》っているが」

男性は言った。

「大東京電鉄がここいら、六百ヘクタールとかの野原と田畝《でんぼ》を買ったのは知ってるだろ」

大東京電鉄。私の会社である。

「そいで買っちまった後に、『そういうことなのでお宅も売ってくれ』と商店や住民に声をかけてまわったんだな。この近所もね、まわりを固めてからの交渉だったんだ。みんな、そりゃ怒ったよ。向こうも最初は温和な人が出てきて『素敵な街を作ります』とか、ていねいに説明会を開きながら、金の上積みもしてさ、結局納得した住民が多かったけど、パン屋のあたりの商店は『売らない』と団結したんだ。そしたらヤクザが来るようになった。智恵子さんもパンを焼き続けたけど、ひどい目に遭ったと思うよ。ところが、ある日、すっと暴力がなくなって、あの数軒だけ中途半端に残ったんだよ。事情は知んねえが、電鉄会社の方の段取りが何か変わったんじゃねえか」

私は知っている。地元対策でキャッシュが足りなくなって中断したのだ。

そして、資金を追加調達せよ、命じられたのは私である。

男性は言った。

「うちの畑も時間の問題だな。たまたまここが開発の場所からずれてたんだろうが、いずれ全部住宅になるだろう。反対したって、どでかい力には勝てやしない」

陽の光に向かってネギがまっすぐ伸びている。植物はそれがどんな土地であれ無心に育つ。しかし、人間の欲は植物を根こそぎ土地から引き抜き、絵空事の夢で大地を塗りつぶすのだ。

私は無言になった。男性は無言を気にしないようであったが、私の手にある白い袋を見つけ、顔を寄せてきた。

「あんた、物持ちがいいねえ」

今朝もらったパンの袋である。

電車で出会った老女を思った。彼女が智恵子さんなのか？

私は言った。

「パン屋さんは、どこかに移転したのでしょうか」

「何だって？」

「いえ、どこか他の土地で商売を続けておられるとか……」

男性は少しばかり私を不思議そうに見たが、まじめな顔になって言った。

「いや、俺は知らないなあ」

「そうなんですか」

「聞いたこともない」

「………」

「だって、智恵子さんが亡くなって、パン屋もなくなった。あれからもう五年だしな」

「何ですって！」

私は声を上げてしまったが、男性は言ったのである。

「あんたも智恵子さんの味が忘れられねえんだな。それ、大事にしな」

男性は立ち上がり。畑に戻っていった。

パン屋はもうないだって？

そんなことはない。私は実際、パンを食べたのだ。

私は紙袋を広げて中身を確かめた。パンの固まりはなかったが、袋の底に、わずかにパン屑《くず》がある。私はそれを嗅《か》いだ。かすかなパンの残り香が、そこにある。

私は振り返った。男性はあぜ道から畑に降りようとしていた。

私は車道から畑に飛び降りた。革靴がぬかるみに入ったが、そんなことはどうでもよかった。

「すみません、あとひとつ」

男性は振り返った。

「ち、智恵子さんの写真を見たい」

私は名乗った。電鉄の社員だとはさすがに言えなかったが、男性も太田《おおた》と名乗り、

「みんなで撮った写真がある」と言ったのである。私は太田さんの腕をつかんでしまった。無礼な態度だと後で反省したが、太田さんは私を軽トラに乗せて、彼の家へ連れて行ってくれた。

太田さんはタンスの奥から古いアルバムを出した。

ページをめくると、かつて繁盛していたしあわせパンの写真が見つかった。

私は食い入るように見つめた。店の前にエプロン姿の女性がいたからである。

太田さんは言った。

「智恵子さんだよ」

それはまさしく、私が電車で会った女性その人だったのである。

10

はやる気持ちを抑えながら家に帰った。台所では女たちの成果報告会がたけなわだった。昼間からワインボトルが一本、まるまる空いていた。見ればブルゴーニュワイン、ピノ・ノワールのジュヴレ・シャンベルタン村名一級畑で、酒屋価格二万円を超えるシロモノである。華やかなアロマと複雑で官能的な果実味。昼間からこんな贅沢《ぜいたく》を、と日頃なら皮肉のひとつも垂れてやるのだが、私は急《せ》いていた。二階へ上がり、テーブルに広げたままの資料を開いた。私はひと文字を見落とさない慎重さでページをめくった。これこそ、しあわせパンのある場所を立ち退かせる地元対策費が読み取れる内容なのではないのか、と思ったからだ。

最後まで見終わり、追加資金が必要な地区は太田さんの土地を含む三百ヘクタールだとわかったのである。太田さんは「いずれ自分の畑も」と言っていたが、まさしく、大規模な次期買収計画に飲み込まれていたのだ。私は場所を特定する記述を再度確認した。しかしこの資料からは、しあわせパンの場所が含まれるのかどうかを読み取ることはできなかった。この買収案件の後に続くのかもしれないが、手元の資料にはない。進捗《しんちょく》中の情報は不動産チームに訊ねるしかないだろう。方針に従うだけのお飾り部長に真実を教えてくれるとは思えないが、知らねばならない。私のこれからの人生に、大きく関わる予感がしたからであった。

私は大きく息を吸い込んだ。階下では女たちが高らかに笑っていた。私は書類を閉じ、ダイニングへ降りた。

久里子は二本目のワインを開けようとしていた。一本目に遠慮したのか二本目はテーブルワインのようだ。しかし私はそれを見て「ちょっと待て」と言った。そしてセラーから別のワインボトルを取り出し、ソムリエナイフを持ったのである。

久里子が目をまるくした。

「あなた、それ」

シャトー・ムートン・ロートシルト八五年。検討に決断を加え、十五万円で買った一本である。

私はコルクをスポン、と抜いた。コルクを嗅ぎ、ボトルの口にも鼻を寄せて香りを確かめた。そして、

「眠りよ、覚めよ」

と、ワイングラスの上空、五十センチから、赤い液体をグラスに泡立てながら注《そそ》いだのである。そして立ったまま、ゴクリと飲み込んだ。

「ああ、麗《うるわ》しい」

焼きたてのパンが籠に盛られている。私は小ぶりなパンを取り上げて食った。むしゃむしゃ。

女たちは笑いを引っ込めて私を見つめていたが、私は言ってやった。

「ムートンだ。旨いパンにぴったりだろう」

そこで私はニッと笑った。

夜、あの笑顔は何だったの？　と久里子が訊ねてきた。

私は自分が笑ったのを覚えていたが、理由は私にもわからなかったのである。

11

月曜日、中央林間駅のホームは異常だった。小田急線のトラブルで乗客が流れてきたのだ。ホームは人でごった返した。

それでも始発駅である。次の列車を待てば座れるかもしれなかったが、こういう日は列車そのものが遅れることを想定する必要もある。

週初めの朝は経理部会がある。遅れるわけにいかない。私は乗客整理に張り出した駅員に背中を押されながら、乗車率二〇〇％の列車に乗った。

渋谷までの一時間、三回靴を踏まれた。これも東京の日常だが、この日の三度目は女のヒールだった。なにをする、と睨《にら》んだが、女は倍返しで睨んできた。

こういう日もある。ザッツ・ライフ。

予想通り列車は十五分遅延した。ドアが開くとヒール女は足早に出ていった。

出社して部会へ急ごうとすると、和田の秘書から電話が入った。すぐ来いという。

珍しい。和田は月曜の朝イチ出社などしない人間だからである。

常務室をノックして入った。

「お早いですね」

わずかながら皮肉をすり込んだが、多少のわさびなど屁《へ》の突っ張りにもならない男だ。

「昨日の役員会の後で決めたのだが」

私は会議の後すぐ帰ったが、和田は銀行役員や金融コンサルたちと出かけている。

和田は言った。

「三百億は東京第一で二百、勧業振興で百と決まった。今日中に稟議書《りんぎしょ》を書いてくれ」

なんだって？

経理の若造でもわかる。バランスシートはめちゃくちゃだ。株主にどう説明するのか。

「心配無用。六ヶ月の短期借り入れだ。さっさと返済する」

「六ヶ月ですって！」

和田は私の反応が面白かったのか、薄笑いを浮かべながら立ち上がった。

「総帥の了解を取ってある。各役員も根回し済みだ。銀行も速やかに稟議を回すそうだから、来週には実行だ」

私は言った。

「キャッシュフローがいったん、三百億のマイナスになります」

和田はにやにやしている。

「半年後の返済なんて、本当ですか？　錬金術《れんきんじゅつ》でも使わなければ無理かと」

私はさらに強めのわさびをすり込んだつもりだったが、和田はなんと、パチンと指を鳴らしたのである。

「正しい言葉を知っているじゃないか。そうだよ、錬金術」

和田はファイナンスの見返りに、二倍額の財テクを請けたというのである。

東京第一銀行と勧業振興銀行はそれぞれの貸し出しと同時に、同額を和田の個人ファンドに預け、和田はさらにそれを倍返しするというのだ。

私はロジャースファンドがどんな方法で金を増やすのか、まったくもって知らないが、実際、和田は負け知らずの実績を誇っていた。私には想像もできない世界だったが、大手都市銀行が信用するからには、それなりの裏付けがあるのだろう。

和田は言った。

「君も金持ちになれるかもしれないよ。何の縁か、私とチームを組むことになったのだからね」

私は黙っていた。

「ところで」

「は、はい」

和田は話を変えた。

「君はどのように個人資産形成をしているかね？」

「し、資産ですか。それはまあ普通に、郵便貯金の積み立てとか、社員持株会とか、養老保険とか」

「ひとつ言うとすれば」

和田は言った。

「五百万を一千万に増やすのは私でもむずかしいが、一千億を一千百億に増やすのは割と易しい」

「はあ……」

私には想像し得ぬ世界である。

「そんなものですか」

「金融は、正しい情報を得る者が勝つ世界だ。まずは正しい情報が集まる『金融倶楽《くら》部《ぶ》』に入会しなければならない」

「何をいつ買い、いつ売るか、会員同士でやりとりされている。戦いは勝ち戦《いくさ》しかしてはいけない」

そう言われても私にはどうすることもできない。

「たとえば君のフランスの小麦もね」

君の、ではないのだが。

「私が同じ銘柄を同じだけ買い、同じ時期に売ったとしよう。私なら利益を上げていた」

有り得ない。価格は暴落したのである。

「君は高値で買い、安値で売っただけだ。取引はその二回。素人以下だ。私なら入口と出口が同じでも、期間内に数百回、いや数千回の高速売買を行いながら利ざやを積み重ねただろう。君は汗をかいたのか？　寝ていて気づいたら暴落していたのではないのか？」

和田は言った。

「まあ、そういうことだ」

「金融倶楽部？」

和田は席に戻り、受話器を上げた。受話器を肩に挟んだまま私に目を向け、

「稟議書、今日中ね」

と言ったのである。

私は礼をして部屋を出た。

12

稟議と言っても正直なところ書きようがなかった。私はプロジェクトの詳細を知らないからだ。昨日配布された書類から言葉をいくつか抜き出して書くしかなかった。入社一年目の社員が書くような素人くさい文面となってしまった。ところが、稟議書はたった四時間で社内をまわり、社長決裁が下りて返って来たのである。私には魔法でもかかったのか、としか思えなかったが、和田は至極当然と言った顔で言った。

「君が直接、二行へ行ってくれ」

私に意見はない。行けと言われれば行く。

「社用車で行ってこい」

「わかりました。では行って参ります」

社用車にひとりで乗るのははじめてだった。偉くなった気がした。

実際は偉くなんてなっていない。そんなことはわかっていたが、丸の内の東京第一銀行本店営業部では融資部長が直々《じきじき》に書類を受け取った。勧業振興銀行も同じように融資部長が出迎え、恭《うやうや》しく書類を受け取った。そして驚くなかれ、融資は一週間で実行されたのである。そしてさらに驚くなかれ、和田の請け負った財テクはわずかふた月で成功し、三百億は倍になった。キャピタルゲインはそのまま銀行からの借り入れ返済となったのである。

和田は「出物があるのはわかっていたのですよ。出来レースです」と総帥に説明したらしい。そういう噂だったが、私は噂以上のことは知らされなかった。別に知りたくもなかった。

しかし財務部は賞賛されたのである。伝書鳩《ばと》をしただけの私であったが、同期の部長連中に笑顔で揶揄《やゆ》された。

これが勝ち戦というものなのか？

しかし私は不機嫌であった。無表情を装っていたが、悪事の一端を担いだ気がしていたからである。

私は同期のひとり、不動産開発担当の部長である玉置《たまき》を赤のれんに誘った。

「俺を誘い出そうなんて、お前も変化しているということか。しかし日の出のスターが赤のれんか？　いつもは常務達と銀座だろう」

「そんなの、俺には関係ない」

実際、私はくそ高い銀座のクラブなど一度も行ったことがないのである。経理マンと接待の世界は無縁だ。

「ま、連中と銀座なんぞ行きたくもねえがな」

玉置は営業の最前線でもまれた野武士のような男だ。私とは対極をなす立派な風采を放つが、私とは大学の同窓なのである。玉置は体育会空手部、私は軟式テニス同好会と在学中会ったこともなかったが、入社後の身体検査で一緒になり、戦友のちぎりを交わしたのだ。同期入社の多くは東大、京大、早稲田、慶應……二番手以下の私大卒は一兵卒で会社人生を終える既定路線だ。だからこそ、がんばってやろうじゃないか。そんな一体感だったかもしれない。

玉置は学校のランクなど関係のない男だった。体力と気合いで成績を伸ばし、同期でも早いうちに部長になったのである。

私は前置きもそこそこに、三百億円の意図を訊ねた。

玉置は、

「そんなことは秘密でもないさ」

と話した。すべて地元対策費に使うと言う。

「第二期だ。第一期は野っ原で二期は畑と田んぼ。多くは地主への上積み金だ。妥協額を上回る金を個人にこっそり渡すのさ。彼らも団結しているようでしていない」

感情を揺らさない訓練をした私であったが、さすがに心が沈んだ。太田さんの顔が浮かんだからだ。

私は訊ねた。

「第三期、第四期もあるのか?」

「そうなるだろうな。とにかくあのあたりは全部買っちまう。鉄道事業ってえのはそういうことだ。土地を買って線路を敷いて街を作って住民を増やす。行政も税金が増え、われわれは給料が増える」

「全部ってことは、しあわせパンもだな」

「しあわせパン？　お前よく知ってるな。個店の名前まで」

「ああ、近所なんだ。俺もつきみ野に家を買った口だから」

「そうだったな。会社が開発してくれたおかげで、俺たちも庭付き一戸建てに住める。会社さまさまだよ」

私は感情を抑えながら、玉置のおちょこに酒を注いだ。

「しかしどうしてパン屋の場所が残っているんだ？」

玉置は言ったのである。

「あそこには幽霊がいるらしい。土地を買おうなんて輩《やから》に化けて出る」

「何だって！」

玉置は驚く私の顔をじっと見たが、一転はち切れたように笑った。

「噂だよ、噂。幽霊なんているものか。まあある話だ。どんな場所でも最後まで居残る住民はいるものだ。そのうち、時間切れで出て行くさ」

玉置は笑いながら銚子《ちょうし》を持ち上げ、

「おやじ、熱いのもう一本」

と太い声を響かせたのであった。
幽霊……。
腰が直角に曲がった小さな人、もんぺ姿で、しわだらけの顔の智恵子さん。
私は玉置に、
「そういう人を知っているか？」
と訊ねようとしたが、訊ねてどうなるものでもないと思い直した。
私は酒をあおり、喉を塞《ふさ》いだのであった。

13

経理部の大仕事のひとつは決算である。資本金二千億超、上場会社であるから国税庁管轄だ。監査は厳しい。しかし鉄道輸送を軸とする事業は公共事業に匹敵するまじめな事業である。創業以来、収益を真摯《しんし》に報告し、問題を指摘されたことなどない。

しかし総師の世の中の仕切り方が一般常識を逸脱しはじめていた。マルサが入るのも時間の問題じゃないか。一般人の感性と常識しか持ち合わせない私など、不安が募るばかりだ。そんなところへ宇宙人までやってきたのである。

「短期借入金だ。しかも返済済み」

彼の錬金術をどう扱えばいいのだろうか？

「二ヶ月間、三百億を借り、そして返した。事業資金を借り入れたが、事業そのものが延期となり、短期利子を上乗せして返した。そういうことだ」

たしかに帳簿はきれいなものだ。事業計画の甘さを指摘されるかもしれないが、

「不動産取引のリスクを未然に防いだ」

そのことで逆に評価されるかも知れない。

なんといっても和田は、三百億円というキャピタルゲインをひねり出していた。まさしく錬金術である。

「君は知らない。知ってはいけない。厳命だ」

上積みした金は帳簿に載せない。裏帳簿があるかも知れないが、私は知らない。

和田は私の心を見透かした。

「キャピタルゲインの申告は私の会社で行う。心配ご無用」

和田が所有する投資顧問会社の登記はシンガポールである。

まさかマネーロンダリングなのでは？

「『倶楽部』だよ。総帥のおかげで私も会員になれた。稼がせてもらうし、それに見合った恩返しを適時させていただく」

和田は私との話に飽きたようだった。最後に言った。

「フランス小麦の五億は帳簿に載るぞ。運用失敗は君の責任」

そう言ったあと、和田はかっかっと笑った。


和田の錬金術成功は「財務チームの成果」らしい。

チームの長である財務部長は私である。

社員食堂で社員に声をかけられることが多くなった。あまり話したことがない社員連中までもが笑顔を見せる。地味で通してきた私だ。居心地が悪い。

玉置がひとりラーメンをすすっていたので「今夜空いてるか」と私は声をかけた。

「また俺か？」と怪訝《けげん》な顔を見せながら「今夜は銀座のラウンジで接待だ。終わったらそのまま待っていてやろうか？」と言ったが、私は遠慮した。その世界とは未来永《えい》劫《ごう》つきあう気はない。

私は定時で退社した。社にいると尻の穴がこそばゆい気がしたからだ。帰宅するサラリーマンとともに渋谷駅の雑踏に滑り込んだ。

改札の傍《かたわ》らに立ち食いそば屋が施工中だった。飲食子会社が構内でそば屋をはじめることになったのだ。子会社へ出向する社員は五十代の元電鉄マンである。そば屋など究極の左遷、片道切符の肩たたきだ。出向にはそれなりの理由があるのだろうが、理由などなんとでもなる。明日は我が身だ。

七時前に家に着いた。久里子が「あらお早いこと」と言ったが、スープ鍋が湯気を上げている。蓋《ふた》を取ってみた。

「いい匂いだな」

「今日はポトフですよ。すぐお食べになる?」

「そうだな」

私は上衣を脱いでネクタイをはずし、手を洗いながら考えた。

スープなので、ワインは軽いブルゴーニュの赤。マルサネにしよう。

ポトフの香りに触発された瞬間的なセレクトだ。

ボトルのエチケットを眺める。コルクを抜く。香りを確かめ、ワイングラスを選んだ。ワインは産地により、グラスにも相性の良いカタチがあるのだ。

ワインを注いで色を確かめる。向こう側がわずかに透ける清々しい赤だ。

グラスを少しまわし、ちょいとひと口。予想に違《たが》わぬ味わいである。

温かいポトフ、そして自家製のバゲット。

ひとかけらを齧《かじ》った。毎度のパンであるが、おやまあ。

旨いではないか！

まじめな話、ますます腕を上げているようだ。

久里子が私を上目遣《づか》いにのぞき込んでいる。私のひと言を期待しているのだ。

「そ、そうだな」

久里子とは見合いで結婚した。上司に引き合わされ、性格も少し知ったくらいで一緒になった。ひと目惚《ほ》れするような美人でもなく、いわゆる十人並みだ。見合いの席ではずっとうつむいていた。ここまで口やかましくなるとは予想を超えていたが、女というものはそういう生き物である。息子と娘、二人の子供も育ったし、おおむね満足な家庭生活だ。そして久里子の料理の腕前は拾いものであった。私のワイン趣味を彩《いろど》るメシを作るのだ。

「料理はひと手間が大切」

と手を抜かない上に、下町育ちで始末が身についていた。努力家で何事にも熱心に取り組む人柄である。

「ねえ、どうよ」

いまや全情熱を注ぐパンである。

「うむ」

ひと言、ひねり出さねばならない。

「素朴な舌触りだが、口の中での粘《ねば》りはちょうどいい。パリの市場で買ったような、庶民の味がするような」

何が素朴でパリなのか自分でも微妙だったが、私は言ってみたのである。

すると久里子は笑顔満面、

「あなた、よくわかったわね！」

と手を打ったのだ。久里子は我が意を得たりと喋りはじめた。

「小麦はワイン以上にテロワールが重要なの。土壌《どじょう》よ」

下町育ちの庶民が今やテロワールである。

「フランスの小麦には百種類も品種があって、パンも嗜好《しこう》にあわせて使い分けるの。今日は素朴編。良質なフランス北部で栽培された品種をブレンドしてみたのよ」

「ブレンドしたって?」

「そうよ」

「それは、何種類も買ったということなのか?」

「もちろんそうよ。試してみないとわからないじゃない」

このパン、いったいいくらかかっているのか。原価計算をしたら気が遠くなるかもしれない。

久里子は始末屋であるが、パンだけは違うようである。

「穀物の素朴さが際立っているでしょう。切れ味の良い歯触り、シンプルな香り、それに高い作業性」

「高い作業性?」

「そうよ、伸展性の良い生地になるまでこねられるほど小麦がしっかりしているから、思い通りの成形が可能なの」

久里子の話の半分は意味不明だったが、パン作りは深い場所へ踏み込んでいる気配だ。しかしまあ、ブレンドと言っても一家庭が買う程度の量だ。不問にしておこう。久里子は元々持つ料理の腕前を、パン作りに関わってからさらに上げていた。理論と実践が合体し、味として結実しているのだ。

我が妻ながらたいしたものである。ポトフも薄味ながらコクがありハーブの香りをまとっている。

しかし褒めすぎはよくない。私はむずかしい顔でパンを齧った。

「パンもいいが、たまにはぬか漬けと茶漬けとか、和食も……」

久里子はフランス、テロワール、とうわごとのようにうめき、もはや私の話を聞いてはいなかった。

フランス小麦か……暴落した損は五億である。私の責任だと上司は言う。帳簿に載せねばならない。憂鬱《ゆううつ》である。

しかしあの小麦、久里子が喜ぶような北部のテロワールだったのか？

そんなことをちょっとだけ思い、バターを塗ってパンを齧った。

14

三百億円のうちどれほどを誰に支払ったのか？　農協幹部や議員にも流したのか？　私は知らない。

和田の懐《ふところ》にもいくらか入ったのだろう。しかし和田は錬金術を仕事にしている人間だ。仕事をして報酬を得た。そういうことなのかも知れない。

そしてやはり、三百億円もの大金は速攻効いたのである。第二期開発の土地買収が完了したのだ。太田さんも先祖伝来の田畑をついにお金に換えたということである。

土木工事が急ピッチではじまった。土地を寝かせるのは開発会社にとっていちばんの無駄である。一刻も早く整地し、住宅購入希望者の見学会をはじめたい。ゼネコンには早期工事完成の報奨金も出したほどである。

開発面積の拡大で我が大東京電鉄グループも拡大を続けていた。不動産開発、住宅販売の系列会社は毎年二百人規模の新入社員を採用するようになり、本社直轄プロジエクトである駅ビルのデベロッパー部門や小売部門は、近い将来分社される見込みである。大東京グループは今や、グループ社員が二万人規模に迫る一大コンツェルンとなったのである。

私は電鉄会社の入社であったが、不動産会社への出向を経由し、今やホールディングカンパニーの財務部長として大金を動かしている。入社時に玉置と鬨《とき》の声をあげたが、まさかここまで登ってくるとは思わなかった。私はほとんどの社員が会ったこともない総帥と直に接する会議にも出ている。もちろん私には何の権限もない。失敗すれば責任を負わされる。しょせん裏返っただけの歩《ふ》である。歩にも意地はあるが、どちらにしても捨て駒《ごま》である。勘違いしてはいけない。

決算発表前の役員会。また出席を請われた。取締役でない人間は私だけである。何で私がと思ったが、ちょん切れる尻尾を末席に座らせておく。そういうことだ。

グループの業績はすこぶる好調。登り龍のごときである。

ほくほく顔の総帥。永年の友のように並ぶ和田。会議と言うよりサロンのようだ。

これが「倶楽部」ということなのか。

「株主総会はシャンシャン総会で終わりますよ」

総務担当の植村《うえむら》常務が言った。もちろんオフレコ発言だ。議事録には載らない。

和田がタバコをくゆらせた。

「すべての指標が計画を上回る。すばらしい。フランス小麦の損は素直に謝りますよ。見通しが甘かったと」

総会で業績を発表する板野《いたの》社長もタバコの煙を天井に吹き上げ、言った。

「総利益二千億の五億ですからな。総会は三十分で終了させます。会長のご威光に拍手喝采《かっさい》ですよ」

それを聞き、総帥が突然言った。

「それでいいかね。高橋君」

たかはし？　私か？

末席のさらに後ろのスタッフ席に座っていた私に全員の視線が集まった。

「は、はい。それでよろしいかと！」

大きな会議机を囲む全員が忍び笑いをしている。

総帥が板野社長に目配せした。板野社長は立ち上がり、閉会を宣言した。

「それではこの内容で発表いたします。植村常務、段取りをよろしく」

しかし次月の株主総会は決してシャンシャン総会などにはならなかったのである。

第2章

1

総会を翌日に控えた十二月最初の月曜日、大東京グループに激震が走った。

検察は茨城沼開発に関わる贈賄容疑を固め総帥を連行したのである。

大騒動となった。

収賄側に名前の挙がった政治家は即座に否定した。証拠を突きつけられると、秘書が勝手にやったと、ひたすら逃げたが、検察特捜部は金の流れを継続的に追い、ついに裏金の証拠をあぶり出したのだ。

ジャーナリストの山森藤太が、これを機会とメディアに連続で登場し、反社会勢力に脅された実体験を語った。

「暴力は人間を非寛容にします。恐怖は理性を殺すのです。しかし私は支えられた。地元住民の方々、漁業、農業を営む人たち、地域の子供たち、そしてなによりも茨城沼にやってくる美しい鳥たちに」

山森は映像を紹介した。たまごを抱く親鳥が巣もろとも掘削船に破壊される場面だ。行き場をなくす水鳥たちのセンチメンタルな映像に、誰もが息を呑《の》んだ。

山森に同席した市民団体と弁護団は、水鳥を原告とする民事訴訟をすでに提起したと述べた。ゲスト出演した元検事は、

「日本で人間以外の生き物が民事訴訟の原告になった前例はありませんが、司法も水鳥を原告とすることを滑稽《こっけい》と考える時代は終わっています」

元検事は、はじめての提訴を担当した弁護団を、その法分野に新たな提言をしたことで高く評価するに至った。

時代は節目を迎えていたのである。

総帥は五十八億円の裏金による贈賄に加え、和田が作り出した三百億についての資

金洗浄容疑でも追訴された。検察は総帥とともに和田の身柄も押さえようとしたが、和田は検察が動いたその夜を境に姿を消していた。

後にわかったことだが、和田は某組織から二千億円を預かり、そのうちの三百億円を「儲《もう》けた」と見せて総帥に渡していたのだ。残りの千七百億円で勝負に出たが、ものの見事に失敗したらしい。

検察は和田をシンガポールから香港へ飛んだところまで追ったが、そこで消息が絶えたと言う。

和田はこの世界から消えたかも知れなかった。私にはスパイ映画のようにしか思えなかった。

しかし、本当に悪いやつはいつも笑う。総帥は結局いちばんいい目を見ていた。どさくさで三百億円ものキャッシュを受け取ったからである。検察から追及され続けるだろうが、総帥は三億円の保釈金で釈放され、一千坪の自宅へ戻り、悠々と「かすり傷だ」とうそぶいているそうだ。政治家が闇夜に総裁宅を訪れ、右翼の大物とはあいかわらず酒を酌《く》み交わしているという。どいつもこいつも懲《こ》りない連中である。

2

しかし総帥の威光も、時代の大きなうねりには勝てなくなっていたのである。

ついに我が社も、新しい時代に向けて舵《かじ》を切りはじめたのだ。

「総帥は終わったよ」

板野社長が部長会で話したのには驚いた。

総帥も七十五歳である。永年下僕《げぼく》として従ってきた板野社長ですら、世の常識からはるかに逸脱しはじめた総帥をかばうことは止めたようだった。

板野社長は道義的責任を取って退任を発表した。

我が社は人事を一新することになった。新しい組織の骨格は社外取締役、監査役で構成した第三者委員会が決めた。

そして新社長には、永年電鉄会社で業務部長を務めていた長田晋一《おさだしんいち》が座った。長田新社長は私の三年先輩で、私以上にきまじめな人間である。荒波には心穏やかな船頭が必要なのだ。正当な人事だろう。

そしてなんと、また青天の霹靂《へきれき》が起こった。

私が取締役経理本部長に抜擢されてしまったのだ。

こっちは全くもって正当な人事ではない。

しかし、人間万事塞翁《じんかんばんじさいおう》が馬《うま》である。

ただの小心者だったことで悪事に荷担できず、気づいたら焼け野原に、無傷で立っていたのだ。

茨城沼の開発に関わった人間は根こそぎ本社から出された。出世の早かった同期の玉置も、飲食子会社の業務部長として出向になった。具体的に玉置たちがどんな悪いことをしたのか、私は知らない。山森がテレビで吠えたことは真実の一端を語っているのだろうが、私にはどこか夢の話である。


サラリーマンは兵隊だ。人生の難事に立ち向かうには感情を消さねばならない。

玉置と飲みに出かけた。玉置は、

「そば屋だよ」

と笑った。

「部長職でも研修があってさ、駅そばカウンターでそばを茹《ゆ》でるんだ」

一種のいじめ、肩たたきだが、玉置の笑顔は晴れやかだった。憑《つ》き物が落ちた清々しささえあった。

玉置は私に酒を注いだ。

「役員昇進おめでとう」

「おかしいよ。裏道で刺されるかも」

「何言ってんだ。正当な人事だよ。多くの社員がそう思っているさ。海賊の親玉みたいな総帥とか宇宙人の和田とか、あんなのと直接まじわりながらも会社の本業をぶれさせていない。お前は難事を成し遂げたんだ」

玉置は言った。

「お前の応援団はいっぱいいる。これからが会社の正念場だ。がんばってくれよ、次期社長」

3

玉置が言うように、本業の経営は安泰だった。総師と和田は会社を出汁《だし》に幾度か大儲けしたかもしれないが、最後には大損を出した。しかし、財テクは総師と和田が秘密裏にやっていたおかげで会社そのものには傷が付かなかったのである。

会社は財テクでは冒険をしなかった。大きな勝負は総師が和田以外誰にも認めなかったこともある。おかげで多額の資金運用を担当する財務部も労働組合も健康保険組合も博打《ばくち》のような運用をやらず、臆病《おくびょう》の上に臆病を上塗りしながら安全運転をしたのだ。私と同じ、性格的に臆病な連中が揃っていたのが幸いしたかもしれない。時として相場の下落で損は出たものの、今回の危機も、本業に影響を及ぼすことなく乗り越えたのだ。

宅地開発に追加の資金投入も必要なかった。田園地区一帯の造成は完了しており、計画通り夢の郊外住宅が建ちはじめていた。見学者も後を絶たない。

時代は変化するが、地道に事業を推進すれば会社は安泰である。長田新社長は性格的にもぴったりだ。在任中は安定運営を維持し、次のチームにバトンタッチするであろう。

そして、私に専用の部屋ができたのである。

二十四階、南側窓際の個室だ。窓際族じゃない。勝者の席である。

この席に座ってはじめて気づいたのだが、巨大企業の経理トップほど楽な仕事はない。茨城沼開発の特損処理を乗り越えた翌年の営業利益は一千億円超だ。目だった赤字事業もなく、安定路線をはみ出しようもない。経理本部長などハンコを押すだけだ。それでいて役員賞与は年間二千万円もある。

私は毎朝、席に座ってから新聞を読むようになった。笑顔ロボットのような秘書が、毎朝同じ手続きでコーヒーを淹《い》れる。挽《ひ》き立ての豆でマイセンの磁器である。もし常務に昇進するようなことにでもなれば社用車に乗れる。うだつの上がらなかった新入社員時代、こんなことを誰が想像し得たであろうか。

駅まで久里子に送ってもらう日常は変わらない。しかし車はクラウンになった。「いつかはクラウン」。そのいつかを手に入れたのだ。

久里子の小言は相変わらず多いが、平和な戯言《ざれごと》である。

パン作りの趣味はエスカレートし、昨年はフランスまで行って講習に参加してきた。三日に一度、パン屋をやりたいなどと途方もないことを言う。腕をますます上げているが、プロの世界は別物だ。

たまたま長田社長とそんな話をした。

すると、

「それで女房が楽しんでりゃ安いものだよ。うちなんかエルメスのカバンだ、シャネルの服だと、百万円以上するものをいくつ買えば気が済むのか。気が知れん」

確かに、カバンに百万円も使うならパリでの講習会費用くらい払ってやるさ。

満員電車も今や楽しい。たまたま座れなくても私は気にしなくなった。

そんな日もあるのだ。ザッツ・ライフ。

座席を争うサラリーマンには哀れみさえ感じるようになった。なにせ、私はもうすぐ社用車だ。電車に乗ることもない。

4

そんなある日のことであった。満員電車で奇跡が起こった。

またまた小田急の事故でこっちに大量の乗客がまわって来た。渋谷までの一時間、息をするのも苦しいような混雑だ。私は両足が宙に浮いてしまうような混雑に放り込まれたが、なんと青葉台で前の席に座る男性が降りたのである。有り得ない情況だった。青葉台はサラリーマンの下車駅ではない。幸運の女神が私に寄り添っている。

しかし席が空くなどという小さなことなど、どうでもよかったのだ。

青葉台でも大量の乗客が乗り込んで来た。私は乗客のスクラムにつぶされるように座席に押し込まれたのだが、人いきれの隙間に、ふと目にした。

向かいの座席に小さな老女が座っている。

まさか……平日のラッシュだ。しかもよりによってこんな日だ。

私は首を伸ばしたが、超満員で向かいは見えない。二子玉川の乗客の入れ替えで視界が開けた。すると向かいに見えたのはスーツの男性であった。

あれ？

渋谷に到着した。乗客が吐き出された。向かいの席にいたのは額《ひたい》の禿《は》げたサラリーマンであった。たまに見る顔である。

私のしあわせ気分が幻覚を呼んだのかもしれない。浮かれすぎだ。私はひとりで照れた。

しかしそう思ったとき、網棚に忘れ物を見つけた。

そしてそれは、しあわせパンの白い袋だったのである。

私は取った。袋を開くと、小ぶりのブールがふたつ入っていた。酸味のある香りは、まさしく、しあわせパンの香りだった。

私は首を左右に振った。彼女はどこだ？

私は駆けた。改札へ急ぐ乗客の背に衝突し腕やら足やらに絡まった。

ねずみ色、紺色、スーツ、スーツの波、もんぺ姿の老女などいない。

中央林間へ戻る列車か？　隣のホームに停まる始発の急行。私は十五両の車両を端まで走って見た。

いない。幻覚なののか。

しかしこのパンは……。

手のひらに伝わる焼きたての温かさ。

これはいったい、どういうことなのだろう?

私は部屋に入るなり不動産開発部門に電話をかけた。玉置の後釜に据わった部門長の川崎《かわさき》は、これまた何の因果か同期である。

「つきみ野のパン屋だって?」

川崎は言った。私は説明したが、新任部長が個別案件を全部覚えているわけではない。しかし私はすぐに知りたかった。それで私は「今から行く」とエレベーターに駆けたのである。

川崎は担当の課長をすぐに呼んだ。

取締役経理本部長が血相を変えて飛んできたのだ。若い課長の岩浅《いわさ》はおそるおそる地図を広げた。

私はその場所を指で押さえた。

「ここだ」

川崎ものぞき込んだ。私は言った。

「このパン屋、いや、この商店街はどうなったんだ。うちが買収したのか？」

「さて、どうだったかな」

川崎はぼそっとつぶやいただけだったが、岩浅の顔がみるみる青ざめた。

それには部門長である川崎が驚いた。

「岩浅、いったい、どうしたんだよ」

岩浅は言った。

「実は、まだくすぶっているのでご報告できていなかったのですが、買収は不調で終わりそうです」

川崎は黙った。何をどう判断したらいいのかわからないのだろう。川崎は私を見た。

「問題が起きたのか？」

「いや」

川崎の顔も不安色に染まったが、私は若い課長に訊ねた。

「不調ということは、この商店街はこのまま残る、ということなのか」

岩浅は言葉を探しているようだった。

おや、何かあるのか、と私は思い、じっと待った。岩浅は言った。

「商店主さんたちが、がんばり通したと言いますか、我々としても茨城沼のスキャンダル以後、強引な交渉は一切しておりません。売らないという方の土地を取り上げるようなことは、もはやできないかと」

私は地図をよく見た。「田園地区第三次開発プロジェクト」と赤鉛筆で広く囲まれた範囲の一角に残る商店街。イタリアにおけるバチカンのようだ。私は訊ねた。

「島のように残ってしまったのか」

「そうだった」

川崎も思い出したようである。

「全部更地にできりゃ簡単だったろうが、そういうこともある。スキャンダルもあったしな。しかし」

川崎は窺《うかが》うような目である。

「長田社長が何か言っているのか？」

「いや、まあ……」

私は川崎に答えるでもなく、訊ねたのである。

「それで、そこはどうなるんだ?」

川崎が岩浅を無言で見る。岩浅は汗を拭き拭き言った。

「我が社が買収することは、今の段階では計画していません……と思います。洗濯屋さんと喫茶店は店を手直しして商売を再開されるようです。ヤクザまがいの人間に壊された経緯もあって、外装はぼろぼろです。設備は使えるそうですが」

私は割って入った。

「ヤクザまがいの人間だって?」

私は洗濯屋のシャッターに張られた一枚の名刺を思い浮かべた。

「は、はい。店の破損は、道義的にはうちに責任もあるとして、修繕費を出すことでご理解をいただいております。それで訴訟は回避できるかと……稟議を近々回します」

岩浅の声が細り、語尾はかすれた。

川崎が言った。

「そんなことになっていたのか」

はじめて聞く話だったようだ。

「すみません」

「いや、お前が詫《わ》びることでもないが……」

岩浅は頭《こうべ》を垂れた。

「部長には即刻報告をと、現在レポートを書いておりました。報告が遅れて申し訳ありません！」

川崎は岩浅の肩をそっとたたき、

「わかった、後で聞く」

と言いながら私に訊ねたのである。

「俺より経理に早く情報がまわったのか？　情報源はどこなんだ」

満員電車の老女だよ……そんなことは言えない。

黙っていると、

「まあ、いいさ。そっちにはいろんな情報が入るだろうからな」

川崎は言った。

「本日中に報告を本部長に上げておく」

私は訊《き》いた。

「それで、パン屋はどうなる?」

「パン屋がどうなるだって?」

川崎がオウム返しに言った。

「そう、パン屋だよ。洗濯屋と本屋の間の」

川崎は岩浅を見る。岩浅が言った。

「評判のパン屋さんだったそうですが、設備も外装もぼろぼろです。こちらもヤクザの襲撃とかで……」

声が小さい。

「再開はむずかしいかと。オーナーさんも五年前に亡くなられましたし」

私は腕を組んで考えた。そして訊ねた。

「現在の所有者は?」

「前のオーナーの娘さんです」

「娘だって!」

私はどでかい声を出したらしい。フロアにいる社員が何事かと部長席に首をひねった。私は視線の洪水を浴びたが、両手を広げ、

「何事もない」

と社員たちを押さえた。

私は咳払《せきばら》いをし、近くに座る女性社員に、

「すまんが、お茶をいっぱいもらえないか」

と言った。

制服姿の女性は笑顔で立ち上がった。私は後ろ姿を見送った。モンローウォークだった。営業部門にはこんな子がいるのか、と思ったが、それは関係ない。目をこすり、
そして岩浅に訊いた。

「ちなみにその娘さんというのは何歳ぐらいの方かね」

「は、はい？　お歳《とし》ですか？」

川崎もきょとんとしている。岩浅は言った。

「お会いしたことはないので、年齢は存じあげません」

「そうか」

「登記はわかりますが」

「登記か！」

私はまた声を上げそうになったが、今度はこらえて小さな声にした。

「じゃあ、娘さんの現住所はわかるのだな」

「はい、すぐに出ます」

岩浅はパソコンの前に座り、キーを打ち込んだ。一分も経《た》たず謄本《とうほん》の写しが現れた。

渋谷区上原一丁目。

「すぐ近くじゃないか！」

「は、はい、そのようですが、それが何か……」

電車で会った女性は六十とも八十とも見えた。

私は登記簿をじっと見た。

岩浅がまたもや申し訳なさそうに言った。

「パン屋の物件だけ最後は売りに出ました。身内で商売を引き継ぐ方がいなかったのが理由のようですが」

岩浅は言った。

「ですが、あの時点で一軒だけ買っても仕方ないので、うちは手を引いています」

私は声を上げた。

「今も売りに出ているのか！」

誰が驚こうがお構いなしだった。

「今日の時点でどうかはわかりませんが、あれを買う人はなかなかいないのではないでしょうか。駅ビルの方の飲食や物販が拡大していますし、駅から離れたあの場所ではもはや商売もむずかしいかと」

私は謄本をコピーさせ、エレベーターへ向かった。川崎が私の背中に何か言ったが、私は後で連絡する、と言い残してフロアを後にした。

自席へ戻って上衣を羽織った。カバンにコピーとパンの紙袋を入れた。

「出かけてくる」

と秘書に言い置き、地上でタクシーを拾って代々木上原へと向かったのである。

第3章

1

私は呼び鈴を押した。
アポなしである。
なんて大胆なのだろう。私の性格では有り得ないことだ。
「どちら様でいらっしゃいますか？」
呼び鈴に応えた小鳥のような声。同じ声だ。やはり、あの老女が娘なのか。
私は切り出した。
正直に話すしかない。

「大東京グループで取締役をしております、高橋と申します。突然お邪魔して申し訳ありません」

「大東京グループ？」

「はい、公所《ぐぞ》の店舗の件で」

「…………」

「もしもし？」

「立ち退きを迫った会社の方ですね。最後は売りに出しましたが、そのときは要らないとおっしゃいました。お話しすることはありません」

「いえ、そうではなくて」

当然予想される反応だった。

私は何の準備もしていなかったが、正直こそ人の心に届く。私は単刀直入に言った。

「しあわせパンについて、お話を伺いたいのです」

「ですから、その話をあなた方とする気はもうありません。お引き取りください」

「いえ、そうではなくて、智恵子さんの件で」

「…………」

声が止んだ。私は重ねた。

「失礼ですが、柳井小代子《やないさよこ》様は、智恵子さんの娘さんでいらっしゃいますか?」

私は続けた。

「私は田園都市線の電車でお会いしたものです。しあわせパンをいただきました」

しばらく間があったが、小鳥の声は言ったのである。

「今、鍵を開けます。お入りください」

ドアの向こうに現れた女性は電車で会った老女ではなかった。四十歳代と見える主婦だったのである。

「智恵子の娘、小代子でございます」

私はその時、菓子折のひとつも持っていないことを激しく悔いた。しかし彼女はそんなことを気にする雰囲気ではなかった。彼女はとても静かな、濡れた黒い瞳をしていた。あのひとの目だった。私は深くお辞儀をし、名刺を差し出した。

「ここではなんでしょうから。どうぞお上がりください」

2

小ぶりな座敷庭に淡い朝の光が差していた。小代子さんはお茶を淹れに立った。

私は出された紫色の座布団に座り、手入れの行き届いた庭を見た。

この住所に庭付き一戸建て、それなりのお金持ちなのであろうが、派手さの一切をそぎ落とした気品を感じる。

小代子さんが湯飲みを出した。私は無言で会釈をした。

小代子さんは言った。

「母の件とは、どういったお話なのでしょうか？」

前置きは必要ない。私は言った。

「突然の訪問に加え、ぶしつけな質問で申し訳ありませんが、あなたがしあわせパンのある公所一丁目三番地の所有者でいらっしゃる」

「はい」

「売りに出されているというのは事実ですか？」

「ご存じのはずです」

「い、いいえ、たった今、この時点でも売りに出されているのかと」

「売りに出しております。しかし売れてはおりません」

小代子さんは少し語気を強めた。

「ご近所さんは商売を再開されるそうですが、この先、あの場所でパン屋をして生き残れるかどうか」

小代子さんは居住まいを正した。

「商店街の反対運動が熱心でしたし、母とは永年のご近所様です。みなさまが売らないと言うのであれば母も売らない、と足並みを揃えておりましたが、その母も五年前に亡くなりました」

小代子さんは厳しくも涼やかなまなざしである。

「私も今や柳井の人間です。私があの場所で商売をすることはありません。それでご近所の方にもご理解をいただき、店舗を売りに出したのです。しかし土地の整理に賛同したのではありません。また、一軒ずつ切り崩していこうと考えていらっしゃるのなら、売り出したのを引っ込めます。それはできません」

「いえ、そういうことでは」

「母は多くを語りませんでしたが、どれほど寂寞《せきばく》の思いに駆られたか、私には痛いほどわかります」

「違います」

「違いますとは、何が違うのですか？　あなたの会社が地域を引き裂いたのですよ」

「………」

ひと言もない。

会社の繁栄のため、地域に迷惑をかけた。私はそっち側の人間だ。

それはじゅうぶんわかっている。

「でも違うのです。私がお伺いした理由は、これなのです」

私はカバンからしあわせパンの袋を取り出し、テーブルに置いた。

彼女は袋を睨《にら》むように見た。

やさしい佇《たたず》まいのどこにそんな力が潜むかと思うほど強い視線だった。

小代子さんは言った。

「これをどこで？」

私は、

「信じられないかもしれませんが」

と前置きした上で、電車で智恵子さんに会い、パンをもらったいきさつを話したのである。


風は凪《な》いでいた。しばらく、ただ静かな時が流れた。

小代子さんは背筋を伸ばし顔を庭に向けていたが、ゆっくりと視線を私に戻した。黒い瞳にやさしい光が戻っている。

小代子さんは言った。

「それは私の母、智恵子です」

「しかし、五年前に……」

小代子さんは私の疑問を先取りした。

「母があなたを見つけたのです」

「ええ?」

小代子さんは語りはじめたのである。

「私は智恵子のひとり娘です。パンを焼く香りの中で生まれ、育ちました。パンの香りは母の香りです。『大きくなったらパン屋になる』私はそう思いながら育ちましたが、パン屋にはなりませんでした。今の夫と出会い、家を出ることになったからです。母は、自分の生き方は自分で見つければよいと、私を送り出してくれました。母が私にパン屋を継がせたかったのか、本心はもうわかりません」

小代子さんは一度目を閉じた。そして目を閉じたまま、小さな声で言った。

「母は、ほんとうにいい人でした」

小代子さんは目を閉じたまま、袖口《そでぐち》でまぶたを押さえた。

思い出が美しすぎて泣いている。と私には見えた。ところが小代子さんの口から漏れたのは嗚咽《おえつ》ではなく、

「ふふふ」

という忍び笑いだったのである。

小代子さんが目を開けた。黒い瞳に星があった。

「その母がひとつだけ、私に言い残したことがあるのです」

小代子さんは言葉を切り、私を真正面に捉《とら》えた。

そして言ったのである。

「いつの日か、しあわせパンの袋を持った人が訪ねてくる。そしてその方はお前に素敵な申し出をする」

「何ですって？」

「喜んで、その方の申し出を受けなさい、と」

「それが、わ、わたしなのですか⁇」

いったい、どういうことなのか。

「母は天上からあなたを見つけた。そしてちょっとだけ帰って来たのですよ。焼きたてのパンを持ってね」

「じゃ、じゃあ、あれは本当に智恵子さん……」

「いたずら好きな人でもありましたから」

「いたずらって……」

私に？　こんな私に会いに来た？

小代子さんは袋を手に取った。

「この袋、うちにさえ一枚も残っていないのですよ。でもこれは間違いなく本物です。手触りも」

小代子さんは袋に鼻を近づけ、クンクンと嗅いだ。

「ああ、なんて懐かしい」

小代子さんはひとしきり感傷にふけったが、袋を置き、背筋を伸ばした。そして私に訊ねたのである。

「素敵なお申し出って、何かしら?」

私は取るものもとりあえず上原へ来た。気持ちだけがからだを急かしたのだ。

しかし、不思議なものである。

私はこの時、自分が何を申し出るのか、はっきりとわかっていたのである。

そして私はそれを言ったのだ。

「まあ、なんて素敵!」

小代子さんの笑顔は、まるで少女のようにはじけた。

エピローグ

一年後の春、決算も問題なく終わり、次の株主総会で私は常務に推挙される内示を受けた。社内では次期社長という声もあった。

長田社長からも実際、

「私はあと二年で引退するから、君は次の社長を目指しなさい」

と言われていたのだ。

社外取締役にも、私の昇進を推す方が複数いた。

無理である。

社長なんて有り得ない。私はそんな器ではない。

とはいえ、気持ちは空を飛んでいた。

常務である。今の業績が続けば年収は数百万円上がり、ついに社用車で通勤できる。

満員電車、くそくらえである。

しかし十二月の株式総会のとき、私は何をしていたか？

公所でパン屋のオヤジになっていたのである。

しあわせパンの場所を私が買い取ったことに多くの人間が驚き、不動産開発部門部長の川崎など裏に何があるのかと繰り返し訊ねてきた。

もちろん裏など何もない。

天から降りて来た智恵子さんの意志なのである。

久里子には買ってしまってから言った。

「おい、お前、パン屋をやれ」

久里子は半信半疑以上に怪しんだが、場所を見に行き、私が開業資金も用意したと知ると、爆発したように準備を始めた。

長田社長は、

「そこまで女房の夢につきあうとはね」

と言ったが、私が常務昇進を辞退しただけでなく退社を申し出たことには腰を抜かした。

そうなのだ。

私はすべての人の予想を超え、パン屋のオヤジになったのである。

高額の年収を捨てるのか？　順調に常務になり、あと二年勤めて定年するだけでも、財産を数千万円は上積みできる。

しかしそれが何だというのだ。人の寿命など知れている。

通勤は電車がいいか車がいいか、そんなことも目くそ鼻くそである。

今や毎朝、自転車で風を切って店へ向かう。そこには早朝からパンを焼く久里子と雇《やと》ったばかりの若い職人がいるのだ。私が着く頃には朝一番の客もおり、私も白いエプロンをつけて接客に入る。


店名は「しあわせパン」である。

パンの袋はもちろん、あの白い袋だ。

小代子さんからも、

「名を受け継いでください」

とお願いされたからだ。

久里子は店名をフランス風の何とか、などいろいろ考えていたようだったが、彼女は私が語る智恵子さんの降臨《こうりん》を信じた。そして涙し、小代子さんに会うに至って、運命さえ感じたようである。今やふたりはベストフレンドである。

久里子もなかなかいい女ではないか。いや、女というより男前なやつである。

そしてさらなる奇跡も起こった。久里子が若い職人とともに汗をかき、懐かしい味を再現したのだ。

小代子さんが涙を流しながら、

「この味です」

と言ったとき、久里子も私も涙があふれた。三人で天に向かって手を合わせたよ。

玉置が訪ねて来た。玉置は肩たたき出向の負け組だったが、悲嘆に暮れるどころかそば屋を気に入り、根岸の実家を改装してそば屋を始めるというのである。

「お前には負けられん」

いいライバルができたものだ。

老い先短い還暦男たちに、何がどこまでできるかわからないが、わからないからこそ楽しいではないか。それこそが人生である。


しあわせとは何だろう?

それは自らのこころに寄り添い、正直に生きることだ。


つきみ野の空にカモメが飛んでいる。

海からやって来たのか?

私も鳥になれるだろうか。

「なれますとも」

小鳥のような智恵子さんの声が、空の彼方《かなた》に聞こえた気がした。

ホルモンと薔薇

1

花隈《はなくま》病院の大腸外科医である村岡久雄《むらおかひさお》は、今日も六件の手術をこなした。どれも開腹《かいふく》手術である。内腹《ないふく》に張り付いた腸《ちょう》を引っ張り出し、悪い部分を切ってつないだ。

久雄はいつも思う。

人間の腸ほど美しく、麗しい景色はない。

複雑な動線は神が創りたもうた究極の神秘だ。レオナルド・ダ・ヴィンチの名作はモナリザではなく、まぎれもなくウィトルウィウス的人体図なのである。

ダ・ヴィンチは人間の臓器《ぞうき》に神の業《わざ》を見、生命と宇宙のつながりを追求することに生涯をかけた。

「私にはわかる」

そう思いながら日々、人の腸をさばく。

村岡久雄、四十四歳。日本で三本の指に入ると言われる大腸外科医である。率いる医療チームは「チーム・コロン」と呼ばれている。コロンとは腸を表す英語である。愛称はともかく、高名な久雄の元には全国から患者がやってくる。

開腹手術は全身麻酔を伴う。一日二件、多くて三件が限界であるが、「チーム・コロン」は複数の手術室と麻酔医を配置し、「ぜひとも村岡先生に」とやって来る患者の手術を、日がな一日行っているのである。

最後の手術を終えるのは午後五時。日々、その段取りで仕事を進める。

部屋に戻って白衣を脱ぐ。開襟《かいきん》シャツにジーンズ、幅広のベルト。シルクの靴下に替え、トニー・ラマのウェスタンブーツに足を滑り込ませる。

「お疲れ様」

看護師詰所にひと声かけ、通用口を出て病院前の坂を下った。

坂の下にある吉田《よしだ》酒店が角打ちをはじめたので、手術の後はまず一杯。それが日課になったのである。

多種多様の腸に出会うのは喜びである。余韻を嚙みしめながらの一杯はまた格別だ。

のれんをくぐるとマスターの吉田洋一《よういち》が顔を上げた。

「いらっしゃい」

作り付けのL字型カウンターに八席。九人目から立ち飲みになる小さな店である。カウンターには先客がいた。神戸中央郵便局に勤める武藤則夫《むとうのりお》だ。

「ああ、村岡先生。聞きたいことがあったんだよ。ちょうどよかった」

郵便局も五時で仕事が終わるので、武藤も早い時間帯の常連である。

武藤は赤ワインを飲んでいた。まだ四十歳であるが額の髪は後退し、ねずみ色スーツはおしゃれ度ゼロ、しかしワインに小うるさい。

毎日、最初の一杯を赤ワインではじめる。

久雄が座るとマスターが言った。

「本日はオレゴンのピノですよ。爽やかでさっぱり系です」

「それもいいけど、まずはビールね。手術はのど渇《かわ》くんだからさ」

「今日もお腹《なか》を開いたんですか？」

「いつもと同じですよ」

洋一は棚からビアグラスを取った。久雄はカウンターに置かれた大皿に首を伸ばす。

「今日は何があるのかな」

マダムの京香《きょうか》が本日のおばんざいを説明する。

「スモークビーフにきんぴらゴボウに、揚げのたいたん、野菜スティックにホルモン大根の味噌煮《みそに》」

「ビールにはやっぱりホルモンかな」

久雄は他の肴《さかな》も眺めたが、

「ホルモンちょうだい」

と言った。

特製たれにつけ込んだ牛の大腸を大根と煮て、ひと晩寝かせてある。味が染みこんで旨い。この店の定番で、久雄の定番の肴もそれである。

京香も最初の頃は、

「手術の後もホルモン食べるの？」

と訊ねたものであるが、

「医者とは妙な生き物」

とわかって質問するのをやめた。

武藤がワインをすすりながら話しかけてきた。

「局の健康診断で引っかかってね、腸の内視鏡検査したんですよ」

武藤は神戸中央郵便局で営業課長をしている。郵政が民営化して営業部門は忙しくなったが、喋ることが好きな武藤はこれ幸いと職務に励みだした。元公務員らしからぬ営業力で、なかなか重宝されている。

「そしたらドクターにね、『S状結腸が人より余計に回転しているので、そこから先を見ることができません』と言われたんです。私、人より腸が長いんですって。先っぽが曲がっていて見えないけど、たぶん宿便が溜《た》まってる。いずれ切った方がいいよって」

久雄は訊ねた。

「その再検査、どこの病院へ行ったの？　今は技術も進歩したからS状結腸でも奥まで内視鏡入るよ」

「やっぱり、そうなんですか」

「なにがやっぱり？」

「やっぱりというのはですね、あの病院はヤブかなあ、と疑いがあるってことなんですよ。胃カメラ検査もそこでやったんですけどね、家から近いし。朝に検査の予約したいって電話入れたら『今からでもできます』って言われたので『朝ごはん食べてしまったから後日でいいです』って断ったんだけど『検査する頃には胃を通過しているから大丈夫』って言うから、昼に行ったの。で、どうだったと思います？」

　洋一が言った。

「どうだったって、まさか、ポリープが見つかったとか」

「いや、そういうことじゃないんです。カメラの画像見たら、朝食べた味噌汁のワカメが胃に張り付いていて、きっちりと検査できなかったんです」

「なによそれ」

「だからね、私、後日出直すと言ったんですよ。案の定、二度手間です」

「それなのにまた、その病院で腸の検査もしたのかよ？」

「まずいっすよね。しっかり先までカメラを入れてくれるところで再検査した方がいいですね。先生んところでやってくれます？」

一日中腸を引っ張り出し、切ってつないだあと、飲み屋でまた腸の話である。しかしまあ、それもいい。

「そうだね」

久雄は言った。

「いつでも調べてあげますよ。ついでにその場で切っちまうか。S状結腸なら間違いなく宿便が溜まってるだろうし、癌《がん》の元だからね」

「そうなんですか？　じゃあ切ってもらえます？　でも切ったりしたら料金も高いんじゃないですか？」

「いいよ、タダで」

「ほんとですか？　ご高名なチーム・コロンなのにタダ？」

「私が切る分はタダでいいよ。その分、麻酔はなし」

「えええ！」

「麻酔医は忙しいんだよ」

「やれやれ、切っちまえ」

京香がはやし立てた。

「そうですか。わかりましたよ」

武藤は言った。

「おとこ武藤、麻酔なしで腹をかっさばかれましょう」

「カッコイイ！」

「切った腸は寄付しますよ。このホルモンと混ぜちゃってください」

「あんたの宿便溜まった腸？」

京香はまずいものを喰ったような顔で言った。

「要らないよ。鳩にあげる」


五月である。通りから差し込む光はまだまだ明るい。

そこへもうひとり、客が入ってきた。

「こんにちは」

のれんをくぐってきたのは久雄の父親、村岡久二雄《くにお》であった。彼も息子と同じ花隈病院の外科医であったが、六十歳で引退して十年になる。

「親子揃いましたね」

マスターが言った。

「病院にご用事だったんですか？」

「焼肉の会だよ。定例の」

「ああ、今日でしたか」

久二雄の主催する焼肉パーティはプロの焼肉屋さえ店を休んで参加するほどの人気なのである。関西はもちろん、名古屋や九州からも客が来る。

「韓国からもゲストが来るよ」

「先生、医者のときもアメリカの学会とか行ってたけど、そのときより世界的じゃないですか？　焼肉の本場から勉強しに来るんですから」

「勉強とか、たいそうなことじゃないよ。セツさんの友人だ」

「今日はセツさんのところなんですね」

「そうよ。七輪で焼くよ」

久二雄もビールを注文した。

「小さいグラスビールでいいや。セツさん帰って来たら一緒に下ごしらえはじめるから」

武藤が言った。

「セツさんって今年、たしか八十七歳でしょ？　まだ働くんですか？」

「今頃はモツを運搬中だよ」

「セツさんが自分で？　もう運転できないでしょう」

「自転車は運転できるよ」

「自転車って、焼肉会は五十人来るんですよ。自転車で運べるの？」

「彼女は大丈夫よ」

「大丈夫って」

「昔は生きた豚も自転車で配達してたんだから」

武藤は、どうやって生きた豚運んだんだろうね、と独り言を言った。

京香がグラスをカウンターに置いた。

「モツの仕入れもしてきたんですか？」

久二雄は言った。

「今日は豚の解体に行ってきたよ。牛は昨日。そっちは久雄にも手伝ってもらった」

「息子先生がウシ担当なんですか？」

久雄がホルモンを口に放り込みながら言った。

「オヤジは昨日ゲートボール大会とかでね、一頭まるまる解体する時間がなかったんですよ。僕が腸を担当」

「またまた腸ですか」

マスターが厨房《ちゅうぼう》から顔を出してきた。

「でも久雄先生、昨日だってずっと手術でしょ。いつ行ったんですか？」

「昼飯のときよ。小一時間空いたから」

「昼飯時にウシの腸をさばきに行ったって？」

「オヤジはゲートボールだったからね」

「ゲートボールはいいんですよ」

武藤が久雄の横顔をまじまじと見た。

「午前中に腸の手術して、昼休みにウシの腸を取り出して、昼からまた人間の腸の手術って」

「そのあとここでホルモン食べるし」

医者はやっぱりおかしい、と洋一は厨房へ戻った。

久二雄が息子に訊ねた。

「小腸は長いままだな」

「ああ」

久雄は言った。

「十五メートルと五メートルの輪がふたつ。外側の脂洗って、長い方は高圧洗浄機で中身を飛ばしてある。短い方は。中身出してないよ。端と端をくくっておいた」

京香がぷっと吹き出した。

「この親子、まだ腸の話してる」

武藤がまた訊ねた。

「すみません。そんな話を聞くとまた疑問なんですが、腸の中身って、もしかして、うんこじゃないんですか」

久二雄は言った。

「肛門から外へ出たら、世間ではそう言うな」

「世間では、って」

久二雄は笑いながら言ったのである。

「消化途中のものが詰まってる腸を食べるのが好きな人もいるんだよ」

「ホントですか！」

「ホントだよ」

「だから中身が出ないようにくくったって？」

「まあ、そういうこと」

久雄はおばんざいのホルモンをひとつ、箸《はし》でつまみ上げた。

内臓肉業者の段階で管を縦に裂き、専用の機械で洗浄してから卸したものだ。料理して食べるならそれでいいが、美しいのは腹を割いた瞬間の景色なのである。全長四十メートルの小腸が収まる小さな空間。神の設計だ。

久雄の脳裏に、円周四十メートルの白い輪が空中に飛ぶ絵が浮かんだ。カウボーイのように、投げてみたい。

久二雄が息子の夢想を破るように言った。

「あとで手伝えよ。焼肉のあとはちょっとイベントするさかい」

「ああ、わかってる」

武藤はホルモンをぱくつく久雄を、あきれたように見た。

「毎日人間の内臓をかき回して、そのうえ牛の解体もやって、よくまあ、同じようなものを食べたくなりますね」

「そうか？」

「そうかって、つい三十分前、お腹を開いてたんでしょ。それから焼肉屋って、行きますか？　腸を切るときはドバッと血も出るんでしょ」

久雄は思い出していた。白い腸に噴き出す赤い血。

「仕事は仕事。食事は食事だよ」

久雄は質問されるとこう説明する。美しい、と言いたくなる気持ちを抑えて。

「ぜんぜん無理です。赤い色はワインの色です」

妙な会話もこの店の日常である。


武藤は大ぶりのワイングラスに鼻を寄せ、ひくひくと嗅《か》いだ。

「今日のピノはプラムの香りかな」

洋一がボトルをカウンターに置き、エチケットを示した。

「オレゴンのウィラメット・ヴァレーです。ボトルも立派でしょ。爽やか系にしては」

武藤は「ふうん」と言ったが、すぐ話を変えた。

「それはそうと。お父さんに前から聞きたかったんですけどね、父親が久二雄で息子が久雄って、どうなんですか？　真ん中に数字の二があるのが父親で、ないのが息子」

「そうそう。私も思った」

京香も話に入った。

「ふつう、親が二なら息子は三とか」

「ふつうかどうかは知らないけど、なるほど、三なら久三雄だね。それも良かったかな」

「クサオなんて、いじめられるよ。ヒサオで良かった」

「ちなみに、久二雄さんのお父さんの名前は何なんですか？」

「久田雄です」

「クタオ！」

京香と武藤が同時に声を上げた。

「そうか。言われて気づいたが」

久二雄は言ったのである。

「息子は久米雄にすればよかったか。田と二と米。田には米ってね」

「なんですか、それ」

「変な一家」

「変ですよ。だから人間の内臓さばいて、焼肉喰うんですよ」

「腸の話はもういいって」

寸時、会話が止んだ。武藤はワイングラスを京香に差し出した。

「濃い話に合わせて、もっと濃い赤にする」

「あんたが濃い話はじめたんですよ」

洋一がボトルを取り出して武藤に見せた。

「じゃあ、モロッコワインはどう？　こっちは薔薇《バラ》の味です」

「ふうん。めずらしいね」

武藤はエチケットを吟味しようとボトルを持ったが、そのときのれんがはためき、淡い光が店に差し込んだ。そして、

「ねえ、聞いてくれる！」

と息を弾ませながら、ひとりの女性が入ってきたのである。

2

「あれ、加奈《かな》ちゃん、息切らせて、どうしたの？」

加奈はカウンター席へずり上がるように座った。

「今まで警察に行ってたのよ。事情聴取」

「え〜。そうなん？」

武藤がすかさず言った。

「私も留置場入ったことがありますよ。県警のね。どういう話かといいますとですね
……」

京香は武藤を無視して加奈に訊ねた。

「事情聴取って？」

「ひったくりに遭ったのよ。カバン盗《と》られた。財布も現金も、ケータイも盗られた」

「そうなん！　どこで？」

「花隈病院の前の坂道よ」

「この横の坂やん？　いったい、いつ？」

「今日の朝。六時半ごろ。全然気いつかんかった。原付に乗った二人組。坂の上からエンジン切って近寄って来たと思う」

「ナンバー見たの？」

「撥《は》ね上げてた」

「顔は？」

「フルフェイスかぶってたけど、男が運転して後ろの女がカバンを引っ張った」

「追いかけた？」

「全然無理やった。からだが固まってしまって。そしたらもう、どっか行ってしまった」

「どんだけ盗られたん？　お金いっぱい持ってたん？」

「金額、よう言わんわ。もう、悔しうて。たまたまね、息子の給料持ってたんよ」

山村《やまむら》加奈の息子は体育大学を卒業して自衛隊に入隊し、先月から初めての勤務がはじまっていたのである。

「それ、良《りょう》君の初任給違うの？」

「そうやねん。あの子な『最初の給料は全部オカンにやる。俺は一銭も要らん』って、封筒ごとくれたんよ。『給料は男が稼ぐもんや。オカンはずっとひとりで、俺を育ててくれた。感謝や』って」

武藤が声を上げた。

「それ盗られたってか！」

「わたし、交番で泣きまくったわ」

「許されへんわ。そいつら、何ちゅうやつらや」

「ケータイも盗られてん。電話番号とか控えてへんし。クレジットカードも。それで、県警に事情聴取行ったんよ」

「県警？　元町署やなくて」

「朝は交番に行ったんやけどな、刑事から連絡あったんよ。そいつら常習らしいねん。

特徴とか手口とか、聴かせて欲しいって。それで今まで」

「このあたりのやつなんか？」

「わからんけど、花隈辺りが多いらしい。それもだいたい朝の通勤時間にな、坂を歩いてる女性を狙うねんて」

「こわいなあ。ほんま、横の道やんか」

武藤はまた言った。

「良君の給料はアカンわ。許されへんわ。ぜったい捕まえてもらわんとあかんわ」

加奈はちょっと黙ったが、言ったのである。

「今日の赤ワインは？」

マスターが答えた。

「オレゴンですよ。爽やかでさっぱり系」

「ほな、それにする。それから」

加奈は少し背伸びをし、カウンターに置かれた肴を見渡した。

「そうね、ホルモン」

カウンターの反対側に座る村岡親子が、加奈にちょこっと会釈をした。久雄が言った。

「たいへんですね」

「ほんまですよ」

加奈は言った。

「親子揃って、珍しいですね」

京香がブルゴーニュグラスを加奈の前に出し、ピノを注ぎながら言った。

「ふたりでこれから焼肉なんやって。セツさんとこ」

「あ、そうや。私も行くねん。ばたばたして忘れてた。お父さんはまたモツの仕入れ？」

「そうだよ。解体してきた。今セツさんが運んでる」

「モツは新鮮じゃないとですね」

「はい、最高のホルモンだよ」

「でも、内臓の医者がホルモン食べるの？」

武藤が言った。

「ほら。やっぱり、素直な疑問ですよ」

「だから関係ないって」

「そうかなあ」

のれんが揺れて、今度は大柄な男が三人入ってきた。鉄工所と、バイク屋と、体育の先生。

「いらっしゃい」

三人はカウンターに座り、京香からおしぼりを受け取ったが、そのとき若い女性も四人入ってきた。花隈病院の職員達だ。久雄のチームメンバーでもある。

いちばん若い看護師の奈美《なみ》が店に入るなり言った。

「チーム・ホルモン、ただいま到着しました〜」

今年二十三歳。巻き髪に長いまつげ。私服はピンクとレースが好きだ。今日の焼肉会に参加するので張り切っている。ところがカウンターに久雄がいるのに気づき、あわてて言い直した。

「間違えました先生。チーム・コロンの到着です」

奈美の語尾がしぼんだ。久二雄が、ワハハ、と笑った。

「知ってるぞ。身内ではチーム・ホルモンって言われてんだよな」

「どういうこと？」

京香が訊ねると久二雄が言った。

「腸は英語ではコロンなんだよ。だからチーム・コロンなんて呼ばれたりしたようだけど、ホルモンでいいじゃない。ね、奈美ちゃん」

「いや、その……」

久雄は知らん顔でホルモン大根をつまんでいる。

「まあまあ、座って」

座ったばかりの男達が立ち上がり、女性達に席を譲った。

満員になったところで武藤が立ち上がり、両手を広げて声を上げた。

「それより皆さん、加奈さんの話を聴いてあげてください。たいへんだったんだから」

「ええ、どうしたんですか？」

加奈は最初から顚末《てんまつ》を話した。

奈美が目を丸くした。

「ほんとに病院の前なんですか？」

検査技師の明美《あけみ》も言った。

「玄関に武器置いときましょうよ。ねえ、村岡先生」

二十八歳。いつも巻き髪とスカートだが、女子サッカークラブに入っている。

「俺、毎朝行ったる。明美ちゃん、鉄パイプがええわ。追いかけて車輪に引っかけたる」

鉄工所の大男は元ラガーマンで、身長が百八十五センチある。澤村《さわむら》という苗字はあるが、ここでは鉄《てつ》と呼ばれている。

「鉄ちゃん、行ったたって」

武藤が言った。

「良君の給料盗むやつは、ぜったいアカンわ」

外科医も郵便局員も看護師も大男達も酒を飲みホルモンを食べ、

「アカンわ」

「いてもうたれ」

「逮捕や」

と酒臭い息を吐き出していたが、そのとき、店の外に赤色灯が見え、国道にサイレンが響いたのである。

3

ドアの横に立っていた鉄を先頭に外へ出ると、パトカーが二台、一方通行を逆走し坂を駆け上がっていた。全員坂の下まで走った。

「あれ！　見て！」

パトカーが追いかけていたのは、ふたり乗りのバイクだったのである。

バイクは右へ左へ車体を倒しながら、脇道に入り込んだ。パトカーもバイクを追って見えなくなったが、派手なサイレンが街中に響いている。商店や住宅からも人が出て、何事かと、様子をうかがっている。

武藤が言った。

「犯人ちゃうんか」

そのとき、

「ガシャーン！」

金属が潰れるような音がしたのである。

酒屋の客は全員、音の方角へ駆けだした。二十メートルほど向こうにある地下鉄の入口を通りすぎた次の小路、左へ曲がってみるとバイクが横転しており、フルフェイスをかぶった男女が道に投げ出されていたのである。

転がった男女は立ち上がって逃げ道を探したが、ふたりとも足が痛そうで走れなかった。そこへパトカー二台が急停車し、降りてきた制服警官四人がふたりを取り押さえた。

ヘルメットを脱がし、後ろ手に手錠を掛けた。

男は金髪でつり上がった目。まだまだ若い。十代かもしれない。女は色黒で大きな目、長い茶髪に化粧気のない顔。それなりの年増のようだ。

洋一が加奈に訊いた。

「あいつらか?」

「顔は見てないからな……」

転がったバイクを見ると、ナンバープレートが撥ね上がっている。

「バイクは、あれかもしれん」

黒いセダンがサイレンを鳴らして止まった。覆面パトカーである。助手席から刑事が降りてきた。刑事は犯人確保の情況を確認し、辺りを見回した。

刑事は加奈にも気づいた。

「山村さんじゃないですか」

「これは刑事さん。ご苦労様です」

県警で加奈を事情聴取した刑事だったのである。

刑事は集まった人間たちを見た。洋一が言った。

「私はそこの酒屋です。山村さんもお食事中で、みんなびっくりして飛んで出たんですよ」

「そうですか。ちょうどいい。山村さん、引ったくりはこいつらですか？」

「顔はヘルメットかぶってたんでわからないですけど、バイクの色とか、ナンバーが曲がってる所とか、あんな感じでした。きっとあいつらです」

「わかりました。お手数ですが、また県警にご足労いただくかもしれません」

「いつでも行きます。逮捕してください！」

「速やかに家宅捜索しますよ。盗難品も探します」

武藤が言った。

「息子さんの初任給なんですよ。ぜったい取り返してください！」

何人かの客が「そうだそうだ」と言った。

洋一が刑事に言った。

「しかし、うまいこと転《こ》けてくれたものですね。悪運尽きましたか」

「悪運というか……」

刑事は転がったバイクに近寄った。

「何なんでしょうね、これは」

酔客たちも遠巻きにバイクを見た。前輪に大量の肉の破片らしきものがもつれ合っているのである。長いヒモのような肉は、アスファルトの地面に、大きな円を描くように張り付いている。

「こりゃ、転けるわ」

刑事は腰をかがめてバイクを検分した。

「これ、腸か？」

久雄がすすすと近寄っていった。久雄は腰をかがめ、顔をぎりぎりまで近づけ、メガネを外して見た。

「ふむふむ、中身を出してないほうだ」

「ちょっと、ちょっと」

刑事が不審な目を向けたが、久雄は言ったのである。

「たしかに腸です」

「そうなんですか？　それで、あなたは？」

「花隈病院の村岡と申します。胃腸外科の医師です」

刑事は「ほお、先生ですか」、と立ち上がって会釈をした。

「兵庫県警の佐藤《さとう》です」

刑事はあたりを見渡した。

「人身事故じゃないようですね。内臓が飛び出したようなやつもおらんし」

「これは牛の腸ですよ。人間じゃない」

「牛だって？」

そのとき、みんな気づいたのである。焼肉屋のセツがそこにいる。

セツは路肩に自転車を停め、荷台の荷物がズレでもしたのか、ヒモでくくり直しているのだ。

「セツさん！」

久二雄が呼びかけた。

「あれまって、先生じゃない」

「どうしたのって、セツさんこそ。こんなところで、どうしたの？」

「どうしたのって、宴会用のモツ、配達中やんか」

セツは言った。

「先生、今日のモツは上物や。お客さん喜ぶで」

「それはいいけど」

セツの自転車の荷台に大きな箱。それがずれて落ちかけている。

「荷物をくくり直しとったんや。落ちてまう」

セツの小さなからだと配達用の大きな自転車。セツはひとりで重量を支えている。

鉄がかけ寄った。

「手伝いますよ」

鉄は荷台の箱を支えたが、言ったのである。

「セツさん、こんな重たいの運んでたん？」

「五十人分やからな」

荷物の蓋が開いている。久二雄はのぞき込んでみた。内臓肉が詰まっている。

「もしかしてセツさん。これ投げつけたのかい？」

「もったいないことしたわ。せやけど、まだ半分残ってる。レバーもハツもハチノスもあるし、ミノは上物や。それで行けるやろ」

全員、事の次第を知った。

セツが逃げるバイクの車輪に、ホルモンを投げつけたのである。

刑事が、

「まるで信じられん」

と近寄り、言った。

「セツさん、ホントにそんなことしたの？」

「おや、拓朗《たくろう》やないか。お前も何しとんね？」

「何しとんね、って、かなんなあ」

洋一が言った。

「セツさん、刑事さん知っとるんか」

「ああ、こいつのオヤジも県警の刑事でな。オヤジとは永年の連れや」

拓朗が言った。

「連れって、刑事と犯人やろうが、世話ばっかりかけて」

武藤が割って入った。

「セツさん、犯人なん？　何したん」

「別に、普通に暮らしとっただけや。戦争中やさかい、いろいろあっただけ」

武藤がここぞとばかりに言った。

「私もね、留置場に入ったことがあるんですよ。そのときね」

誰も武藤の話を聴いていなかった。全員、刑事を注視している。

拓朗は言った。

「親父の時代のことなんで、私も詳しくは知りませんけどね、この人、カストリっちゅう酒造って売ってたんですよ。密造酒です」

「何をぬかす」

セツはぺっと地べたにつばを吐いた。

「お前のオヤジもウチに飲みに来とった口やないか。闇米かて分けたった。ところが飲みに来た次の日に逮捕しに来よるんやで。ときどき闇屋挙げとかんとあかん。持ちつ持たれつや、とか屁理屈言いくさって。そのくせ牢屋《ろうや》から出た日に、待ってたように肉喰いに来よる」

　気づけばセツのまわりを二十人ほどが取り囲み、セツの毒づきを聴いていた。刑事に制服警官に酒屋の客。電線にはスズメがいっぱいとまっている。

　久二雄が言った。

「そんな時代だったんですね。この辺は闇市だったたし、セツさんはそのころからずっと焼肉屋ですよ。母ひとりで息子ふたり育てたし。ご立派ですよ」

　拓朗がふうっと息を吐いて言った。

「昔の話はまた聴かせてもらいますわ。肉食べに行ったときにでも」

「来るんかいな」

「行きますよ」

「そうか」

「もうええって。質問するからまじめに答えて」

「わたしがまじめやないっちゅうんか？」

「そうやないって。めんどくさいなあ」

拓朗は手帳を取り出し、挟んであった鉛筆を抜いて先を嘗《な》めた。拓朗は訊ねた。

「それで、ほんまにセツさんがバイクを転かせたんかいな？　どうやって？」

セツは言った。

「たまたまや。その荷物がずれて、くくり直しとったんや。そしたら大きな音で『そこのバイク止まれ』とか、パトカーがバイクを追いかけた。そんなん、バイクの勝ちやろ。この道抜けたら逃げられてまう。それでな、バイクがこっち向かって来よったんで、持ってた袋を投げたった。そしたら破裂してな。中身はそれや」

みんな地面を見た。腸が長いまま、アスファルトに張り付いている。なかなか、おどろおどろしい。

「もったいないこっちゃで。せっかく先生が解体してくれたのにな」

拓朗は鉛筆を浮かせた。

「解体って？　何を？」

久二雄が言った。

「今日は焼肉パーティでね、牛と豚を解体したんですよ。私も解体に参加しました」

「あなたは？」

「私ね。引退しましたけど、元はそこ、花隈病院の外科医でした。そいつは私の息子です。現役の医者。今日も腹を開けて手術しとりました」

拓朗は情報が整理できないような顔をしたが、セツに向き直った。

「大事に至らんかったからよかったものの、ほんまに投げつけたんか？　ヘタしたら交通事故で死んでしまうで」

「逮捕できたんやろ。ええやないか」

「そういうことやなくて」

拓朗は手帳を閉じた。

「悪いけど、署まで来てくれるか。調書取らしてもらうわ。車に乗って」

「あかんて」

セツは自転車の荷台を指した。

「生もの配達中や。腐ってまうやろ」

「あかん、あかん、警察が先やて」

セツは拓朗に怖い顔を向けた。洋一が言った。

「セツさん、ほなそれ、ウチの冷蔵庫入れとくわ。すぐ帰ってくるやろ」

「そうやなあ」

鉄が箱を持ち上げた。

「でもこれ、すごい量やで。全部入るか」

洋一は言った。

「無理かなあ」

すると久雄が言ったのである。

「病院の冷蔵庫入れますか。大きいよ」

武藤が言った。

「病院の冷蔵庫って、何入れるとこですのん？　食べ物ちゃうでしょ」

「それはやな、細胞とか、遺体とか」

「遺体！」

「気にせんでいいから」

「気になるって」

セツは言った。

「ウチまで運んでくれたらええわ。息子来させて捌《さば》かせるから。準備できた分から食べ始めたらええ。そしたら冷蔵庫要らんやろ。私もおっつけ帰るさかい」

セツは「早《はよ》う帰してや」と言いながら、パトカーに乗り込んだ。拓朗はドアを閉めて運転席へまわり、「そっちは任せた」と制服警官に内臓が絡んだバイクを指さした。

「皆さん、なるべく早く帰しますよって」

久二雄が言った。

「刑事さんもあとで焼肉どうですか？　一頭まるごと解体したからね、いっぱいあるんですよ」

「私ですか？」

「はい。夜勤じゃなかったら、どうぞ」

後部座席の窓からセツが顔を出した。

「それやったら今からウチの店行こうや。事情聴取とやら、ウチでできんか？」

「あかんて、署まで来てもらわんと」

「かたいのう。まあええわ。警察すぐ近所やし。とにかく早う行こ」

拓朗は運転席に乗った。セツは久二雄に言った。

「先生、段取り頼みますわ。あとで拓朗も連れて行きます」

久雄は地面を見ていた。

円を描くように横たわる腸がある。

4

二時間後。高名なる食肉の権威、村岡久二雄主催の焼肉パーティが始まった。セツの息子である和夫《かずお》が営業中の精肉店から担ぎ出され、無事、韓国からのゲストも迎えることができた。

とはいえセツの店は小さい。JR線路の高架下にあるカウンターだけの細い店だ。そこに七輪を十台も持ち込んだのである。普段でも入れる客はせいぜい二十人。この日の客は五十人を超えたので、半分以上路上にはみ出てしまった。歩道にも七輪を五台出した。店の中も外も、もうもうたる煙である。

「地球温暖化促進や」

誰かが言ったところへセツが帰ってきた。

客たちは地球温暖化を忘れ、拍手喝采をした。

誰もがセツの武勇伝を聴きたがった。

「待ちいや。話したるさかい」

セツはカウンターで奮闘する和夫と久二雄の間に割って入った。

武藤はカウンターの真ん中に座り、七輪で肉を焼き焼き、隣に座る韓国ゲストの皿に入れていた。

「セツさん、今日のニク最高ですよ」

「キムさん、遠いところいらっしゃい。おじさんたち元気?」

「元気元気。神戸行くって言ったら、どんなにうらやましがられたか。何せクニオさんとセツさんの焼肉だからね。世界一」

「うれしいこと聞いたわ。しかしホルモンを他のことに使《つこ》うてしもたからな。ちょっと減ってもた」

「聞いたで、聞いたで」

カウンターの端を占領する「クニオ肉同好会」の面々が声を上げた。

「ホルモンでひったくり犯人やっつけたってな。ばあさんには負けるわ。せやけど、ホルモンでどうやったんや」

久二雄が生の小腸を手のひらに山盛り載せて突き出した。

「これをバイクのタイヤめがけて投げたんだって」

「マジか」

「ようやるわ」

一時間遅れて拓朗がやって来た。

店からはみ出た客は歩道に座り込み、地べたに皿を置き、瓶《びん》ビールを注ぎ合っていた。

「おいおい、かなんな」

拓朗は煙で霞《かす》む店内に首を突っ込んだ。並んだ七輪に焼ける肉。火事場のようだ。

武藤がすかさず言った。

「刑事さんいらっしゃい。ビールでいいですか」

セツは大皿でカルビをタレにからませている。チラと見て言った。

「来たんかいな」

拓朗は言った。

「外はあかんて。道交法違反や。消防法も食品衛生法も、ひょっとしたら風営法も」

「かたいこと言いないな。引ったくり犯人逮捕、協力したったやろ。表彰もんやで」

「そうやそうや」

拓朗の前にグラスが置かれ、腕が伸びてきてビールが注がれた。

加奈が割り込んできた。

「刑事さん、犯人どうでした。ウチのカバン、出てきましたか！」

「まだ自供だけで家宅捜査してないんやが、カバンは家にあるらしい」

「そうなんですか！」

「いや、それが、金はすぐに使うてしもたと言うとる」

武藤が言った。

「あかんて、良君の初任給やで」

加奈は拓朗の袖を引いた。

「ケータイとかは？」

「そっちは池に捨てたらしい。カードやらも全部」

「なんで〜」

加奈は泣き崩れた。誰もが黙ってしまった。

天井を電車だけが通り過ぎる。拓朗も肉同好会の男達も、おしゃべりで世話焼きの武藤でさえ、どうしたらいいかわからなかった。

そこへ国道側のドアが開き、地べたで酒を飲んでいた体育教師の須藤《すとう》が顔を店内にねじ入れてきた。

「スーさん、ビールか？」

須藤は神妙な顔である。

「いや、そやないねん。外て、やっぱりヤバイんか？」

「警察でも来たんかい」

「それが、兵隊が来た」

「何？」

そう言い合っているうち、

「ドドドドド」

荒いエンジンの音が響き、そして停止したのである。体育教師と鉄工所とバイク屋が揃ってドアから出た。すぐにバイク屋がドアから顔を突っ込み返した。

「迷彩のジープや。フロントガラスのないやつ。軍隊や」

鉄工所がバイク屋の顔の上から顔を突っ込んできた。

「荷台にマシンガンがある」

「何やねん、いったい」

拓朗がバイク屋と鉄工所をかき分け、国道へ出た。

するとまさしく軍隊が使うようなジープが路肩に停まっていたのである。

フロントシートに迷彩服とサングラスの男が二人並んでいる。荷台には三脚で固定されたショットガン。そしてそのマシンガンに薔薇が飾られている。

「薔薇とライフル？」

拓朗は映画の撮影でもあるのかと思ったが、そのとき、運転席の男がマシンガンに添えた薔薇を抜いて車から降り、助手席の男に頷《うなず》くと焼肉屋の裏口へ向かって来た。

恰幅《かっぷく》のいい男達も入口で固まってしまったが、迷彩服の男性はサングラスを取り、男達に敬礼をしたのである。

「母がいつもお世話になっております」

鉄が声を上げた。

「良君やないか！」

「ええ、誰って？」

拓朗が訊ねるとバイク屋が、

「加奈さんの息子の良君です」

と言ったのである。

良は背筋をピンと伸ばしたまま、焼肉屋に入り、カウンターに突っ伏している加奈のかたわらに寄った。

「オカン」

「ん？」

加奈が顔を上げた。

「良やないか。何でこんなとこにおるねん」

「事件のこと聞いたで。ちょうど車両の運搬があったからな、上官に無理言うて寄らしてもろた」

良は驚く母親の顔をしげしげ見た。

「しかし、ひどいツラやな」

加奈はマスカラが落ち、パンダのような顔になっていた。

良は手に持った薔薇を一輪と、迷彩服のポケットから紙袋を取り出し、渡したのである。

「まあ、開けてみ」

「何やねん、いったい」

加奈がそろりと紙袋を開けた。

現れたのは真っ赤な革の財布である。

良が言った。

「あの財布、もうええやろ。長いこと使うとったからな。これプレゼントや」

「…………」

「いや実は給料から二万抜いたんや。給料丸ごと渡す言うたのは、ちょっと嘘や。そやけどこれ買《こ》うたから、結局全部やな。これからは中身の金も俺が働いて入れたるし、かたいこと言いな」

「何やねん、それ……」

加奈の語尾がかすれた。

「少ない給料のくせに、ええかっこせんでええ」

「財布なくしたら幸せがやって来る言う人もおる。人はこころ次第や、な、オカン。

ええことあるって」

加奈の目にみるみる涙があふれた。

「そうやな……母ちゃんもがんばるわ」

加奈は赤い財布をちぎれるほど握りしめたのである。

武藤が叫んだ。

「良ちゃん、ええ息子や。最高やで」

拍手が巻き起こった。狭い店内にもかかわらず、客たちがひとりずつ出てきて良と
握手をした。

久二雄がビール瓶を突き出した。

「まあ、良くん、一杯やりなさいよ。就職祝いや」

「いや、酒は結構です。官舎へ戻らんとあかんので」

「かたいこと言いないな」

セツは拓朗にあごを振った。拓朗はビールグラスを持っている。

「この刑事かて、勤務中やのに飲んどるんや。無礼講無礼講」

拓朗はあわてた。

「滅相なこと言いないな。勤務は終わりましたよ」

「道交法違反とか、めんどくさいこと言うとったのは、勤務中ってことちゃうんか」

「私は勤務外です。でも法律は法律」

騒ぎまくる客たち。列車も天井の上をゴウゴウと通る。

女たちが加奈の財布を見て「奮発したなあ」と声を上げている。

拓朗は渋い顔のまま、セツに言った。

「私は勤務外でもね、ええかげん外で騒いどったら通報されるよ。営業停止になるで」

「ふん」

セツはまな板に残る肉を目の前の七輪にのせた。

「これでしまいや。みんなよう喰うたわ」

久二雄が言った。

「そうですか、しまいですか、それなら」

とうなずき、

「みなさん、みなさん、ちょっと注目してください」

パンパンと手を叩いたのである。

そして裏口近くに立つ鉄に言った。

「おい鉄ちゃん。狭いけど、外の人も入ってもらってくれる。肉もしまいやさかい、いっかいメるで」

5

天井も低い高架下商店街の焼肉店。定員二十人の店に五十人が詰め込まれた。

列車が通るたび店は揺れる。身長百八十五センチの鉄などは、頭のすぐ上で列車が通り過ぎるので脳も揺れていそうだ。

カウンターには七台の七輪が残り火を燃やしている。油でぬめった換気扇がたったひとつ。ドアを開け放しているが、人で埋まって煙が抜けない。

「昔の蒸気機関車みたいや。トンネルで窓閉め忘れて真っ黒なったわ」

乳飲み子と芋袋《いもぶくろ》を抱え列車に乗った。満員すぎて窓が閉められず真っ黒な煙を浴びた。セツは遠い昔を思ったのである。

武藤が言った。

「クニオ先生、早うしてえな。人間スモークハムになるわ」

「はいはい、それでは」

久二雄は手を挙げた。

「みなさん、楽しくお肉食べていただけましたか？　本日は正真正銘の神戸ビーフ、丸ごと一頭をいただきました」

「食ったぞ」

「最高！」

あちこちから歓声が上がった。久二雄は両手を挙げて制した。

「そして本日は特別な日でありました。朝、加奈さんが引ったくりに遭うという事件ではじまり、夕方には犯人をセツさんが撃退、そして良君の母を思う気持ちにも出会うという、ドラマな日でありました。しかし本日のメインイベント、実はここからです」

一同、期待を込めた視線を久二雄に向けた。久二雄は久雄に目配せした。

久雄は商店街側の入口から顔を外へ出し、何やら声をかけ、店内へ振り向いた。

「みんな、ちょっと開けたって」

何人かがからだを動かして道を開けると、そこに現れたのは小さな子供のペアだったのである。

自分のからだより大きな薔薇の花束を抱えている。

セツが客の隙間に首を伸ばした。

「えりなと大樹《だいき》やないか」

セツの玄孫《やしゃご》である。どちらも四歳。

「ひいおばあちゃん、おめでとう」

「違うって」

久雄がえりなに耳打ちした。

「あ、そうや。ひいひいおばあちゃん、おめでとう」

小さな二人はカウンターへ近づき、セツに花束を渡した。

久二雄が高らかに言った。

「本日はセツさんの誕生日。そして米寿の祝いです」

「ええ、そうやったっけ」

セツが言ったが、えりながカワイイ声でもう一度、

「ひいひいおばあちゃん、おめでとう」

と言うと、大歓声が巻き起こったのである。指笛がかん高く響いた。

「化けるほど生きたセツさんに、もう一回乾杯しますよ」

久二雄が冷蔵庫の横に立つ鉄に言った。

「鉄ちゃん、ビール出してんか。はいはい、みな、グラス持って」

客席もカウンターの中も厨房も、トイレの中にまでも溢《あふ》れる客。ビール瓶の栓が景気良く抜かれ、グラスに注がれた。

「えりなと大樹はジュースか」

「うん」

バイク屋が玄孫の二人を抱えてカウンターに乗せた。

「今日は特大サイズやで」

ジュースをビールジョッキに注いで持たせた。ふたりは喜んだが、ビールジョッキは四歳の子供には重すぎた。ふたりとも取り落としてしまい、ジュースが七輪の上からブチまかれたのである。白い煙がもうもうと上がり、炭の粉が武藤を直撃した。

「ムホッ、ムホッ」

久二雄は気にせず発声した。

「かんぱーい！」

「おめでとう」

「まだまだ生きてや」

五十人はハイタッチをし合い、高架下の小さな焼肉屋は、電車が通り過ぎるときよりも激しく揺れたのである。

セツと加奈、年は親子以上に離れているが、苦労を重ねた人生には違いない。セツは汗と焼肉の煙にまみれ、加奈の化粧はむごいほどに禿《は》げている。

その二人が、真っ赤な薔薇を持っているのだ。

「いい景色だね」

久二雄が言った。武藤は良に言った。

「良君、負けたね。子供は薔薇の花束、良君は一輪だけ」

鉄が言った。

「ひと言多いやつやな。そんなんやから、うっとうしがられるんや。口は災いの元。男の喋りはみっともない」

セツも言った。

「良くん、勤務中にわざわざ駆けつけてんやで。気ぃ悪いわ」

しかし良はまるで気にせず、逆に笑いがこぼれそうだったのである。良は言った。

「実は薔薇、もっとあるんですよ」

久二雄が訊ねた。

「どういうこと？」

良が言った。

「皆さん、酸素が足らないでしょうし、外へ出ましょう。お見せしたいものがあります」

「それもそうや」

「出よ出よ」

「国道側に出てください」

「ほら、おかあさんも」

鉄が加奈の手を引いた。カウンターの中に久二雄とセツが残ったが、

「お二人も、さあ」

「わたしもか？」

「早く、早く」


みんなは見た。

先ほどのジープの後ろにもう一台、真っ赤な薔薇にあふれるジープが停まっていたのである。

貨物席に据えられたマシンガンが数百、いや千を越える薔薇の花で埋まっている。

良が敬礼をした。

「曹長、お疲れ様です！」

曹長はゆっくり車から降りてきて、焼肉屋の裏口で山のように重なる人間達に敬礼をした。

「陸上自衛隊中部方面総監部陸曹長牛島一郎《うしじまいちろう》、山村二等陸士のお母様に薔薇を届けに参りました」

良は気をつけの姿勢でセツに向き直った。

「セツさん、母の無念を晴らしてくれてありがとうございます。セツさんいたら警察要りません」

セツは口を開いたまま固まったが、それを聞いた一同、爆発したように笑ったのである。

誰もが、

「ほんまや、警察要らんわ」

と拓朗の背中を叩いた。

良が言った。

「みなさん、薔薇を持って帰ってくださいね。勇気と幸運が詰まった授かり物です」

「自衛隊、ええぞ！」

酔っ払いが薔薇に群《むら》がった。大男が薔薇の一輪を抜き、女性の髪に挿したりした。

久雄は群れに入らなかった。あふれる赤い色をじっと見ていたのである。

なんて美しい。

人間の腹を割き、腸をつまみ出す。メスを入れると、真っ赤な血が流れ出す。メスで切る比率は上下に八九、水平に五五。自然の造形物を司《つかさど》る数学の法則だ。

私の使命は本質的な美の基準を問い直すこと。メスは究極の美を追い求めるための聖なる道具である。

明日も手術が待っている。

この薔薇のように、腸を赤く染めよう。

久雄はそれを思い、

「フフフ」

とひとり笑ったのであった。

こころの帰る場所

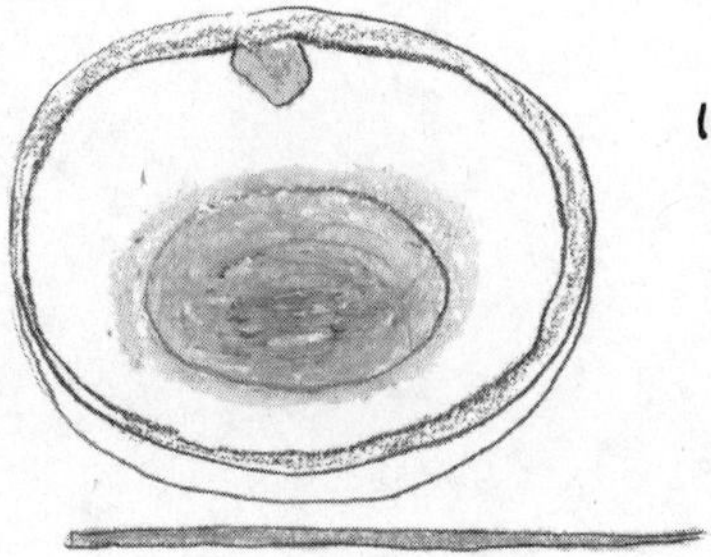

1

俺は姫路のシケた愚連隊《ヤンキー》やった。

シケとったと言うのは今になってわかる。当時は美しい青春を謳歌《おうか》してる、そう思うとった。

そそり立つ金髪、剃《そ》った眉毛、根性ピアス、白い長靴。

膝下丈の長ランに、太もも四十二センチのズボンはもちろん別注や。駅前のフジモト制服店が見事なもんこさえてくれよった。

「ギンギンの裏地張っといたで」

とか笑いながらな。制服屋のおやっさんはええ感じやった。

播磨《はりま》の山奥や海沿いの赤穂《あこう》から出てきて、女子大に通うような年上を引っかけたな。女も二十歳《はたち》を越えるとアノ時の声がちゃうとか、たらしの勝夫《まさお》が言うとった。

ほんで、そのたらしが、「年上には持ちもんが勝負」と言うたもんやさけ、アホの稔《みのる》が勝負をしよった。亀に真珠《しんじゅ》を入れよったんや。女がそれで喜んだかどうか、今となっては謎のままやが、稔のムスコが化膿《かのう》してえらい騒ぎになった。幸い、播州《ばんしゅう》病院に上手な医者がおってムスコは復活しよったが、そういうのはアホにしかできんハプニングやった。稔はアホを真っ直ぐ生きた。ゆるんだままのあたまでやくざになって、太く短い人生を謳歌した。セルシオ乗りまわして、現ナマ見せびらかして、二十歳でシャブ漬け。心臓破裂しよった。

アホでも、もちょっと、ましな人生あったやろになあ。あたまのネジは締めとかなあかん。

俺は締めとったで。幸か不幸か、まわりが見えてまう質《たち》なんや。そう思うとったが、まわりはアホだらけやった。いきがって、すぐからんできよる。毎日ケンカや。

ま、しょせんアホはヘタレや。ひとりひとりシメていくと、誰も向かって来んようになった。中三で百八十センチ超えたし。傷だらけの額に三白眼《さんぱくがん》、誰もチャチャ入れられん顔やったからな。

そんな顔で修学旅行に行った。女連れて城崎《きのさき》温泉や。白いスーツにパンチパーマ、アメ車転がしていった。俺が中学生やと知った女将《おかみ》が腰抜かしよった。

車は十三歳から乗っとる。免許？　関係あれへん。運転は反射神経やからな。


同類には一目置かれ、世間にはうっとうしがられとった。教師も俺がキレたら教室からソッコウ逃げよった。

授業中にタバコの貸し借りをやると注意しよるが、問答無用でどついたる。ついでに壁を蹴りまくる。今でも中学のいろんなとこに、キレた俺が開けた穴が残っとる。

それでも、学校とは折り合い付けとった。昔はもののわかった先生もおったからな。先生のアパートで何回もビール呼ばれたし、部屋が煙で見えんくらいタバコ吸うとった。ま、タバコなんぞ息する延長や。いきがって吸うもんやなかったし。

「華井《はない》中の荒井《あらい》」

言うたら、知らんやつはおらんようになった。

しかし、勉強もしとったんやで。アホにはなりとうなかったさかいな。

高校で野球部に入った。

「お前のパワーを貸してくれ」

とスカウトされたんや。

もともと野球はうまかったしな。入部最初の日にホームラン打った。

監督にほめられて、高校野球やるつもりになった。

ところがいじめや。

名前が売れとったもんで、上級生らが顔見るたびにからんできよる。

「先輩の靴磨け」

「ベース外して洗濯せぇ」

「池にはまった球拾うてこい」

アホはどこにもおる。わざと池に球投げ込みよるんや。

「何が先輩じゃ、だぼ！　前歯折ったろか！」

バット持って追い回したったわ。ケンカの場数がちゃうさかいな。楽勝やった。

上級生は泣いて、ジャージの中で小便ちびりよった。

「可愛いのぉ」

三年のキャプテンは笑いよったが、俺は停学を食ろた。

それしきのいじめ、がまんしといたらよかったかもしれん。

俺のネジも締まりきってない。アホはどっちやと思うたわ。

ふてくされて野球部行くのやめた。

家で寝とったら、どこから聞きつけたんか、組の奴らが来た。

「われ、やーさんならんか？」

追い返したわ。興味ありませ〜ん、てな。

やくざは先のない世界や。

親戚にもひとりおる。六十歳になっても組当番まわってくる下っ端や。

組何回か変わって、眉毛つき直して、そいで何も変わらん。やくざはやくざとつき合《ぉ》うて群れるしかない下級人間や。

はっきりわかっとったが、俺もはみ出しとった。

やくざにはならんかったが、ヤンキーになったからな。

ヤンキー街道はスイスイ行った。図体のデカさもあったし、ヤンキーの決定版のような顔をしとったからな。

それで暴走族のカシラになった。

二十人くらいの族やったが、高一でカシラになる奴はあんまりおらん。金色帝王族《こんじきていおうぞく》二代目と名乗った。先代がおったわけやないが、何となく二代目というのが気に入ってつけた。

バイクは刀《かたな》の二五〇やった。ＣＢに乗った連中が多かったが、俺はツウ好みの刀にした。真っ赤なボディにロケットカウル、日章旗《にっしょうき》に海老《えび》反りテールに極楽鳥《ごくらくちょう》の羽。爆音出しまくりや。

刀には薫《かおる》と名を付けた。少女漫画に出てくる美少年みたいな名前や。俺のツラによう似合うとったわ。

バイクは夜の空気を切り裂きよる。世界は無限やった。

姫路の空も確実に世界に続いてる。そんなことを思うとったな。

2

カシラになった最初の夏。
仲間を引き連れて、ゆかたまつりに乗り込んだ。全国的有名めちゃくちゃ祭りや。
俺らみたいなのがめちゃくちゃにしとんのやけどな。
特にこの年は二千人のヤンキーが機動隊と衝突して新聞沙汰《ざた》にもなった。
駅前大通りに、ジュラルミンの盾と特攻服《とっこうふく》が睨み合うすごい景色やったナ。
播州で有名な暴やんが、ど真ん中で機動隊に見得《みえ》切った。
真っ白な背中に輝く虎の刺繍《ししゅう》。
「白虎隊《びゃっこたい》突撃」
の金文字。
俺には夢の世界に思えよった。
そいつが号令かけた。一升瓶をラッパ飲みしとった特攻隊が警官隊に突っ込みよった。他の連中は駐在所の窓ガラスを割りはじめた。

観客から、

「やれー、やれー」

の大合唱。後ろで見学しとったヤンキー連中も、盾の向こうへ火炎瓶を投げ込みよった。

地面に落ちるたびに火が広がって、駅前は火と煙と轟音《ごうおん》でわけがわからんようになった。

俺ら金色帝王族は一応バリバリの恰好《かっこう》やったが新人や。花火攻撃なんちゅう可愛いことをやっとった。ところが警官隊は俺らを踏み倒し、踏んだ上から警棒でボコボコに殴ってきた。

警察は本気やった。俺らは蜘蛛《くも》の子を散らすように逃げた。俺も逃げようとしたが、しんがりにおったさかい、機動隊のひとりに突っかかられた。

しゃあない。

華井中の荒井や。

南無三《なむさん》、とジュラルミンの盾に跳び蹴りを食らわしたった。

そしたら身体《から》のでかい機動隊員が盾ごと吹っ飛びよったんや。

俺は興奮した。

俺は強い！

「次のやつ掛かってこんかい！」

空に向かって叫んだだが、これは勘違いやった。

プロは甘《あも》うなかった。あっという間に組み伏せられ、さんざん殴られたあげくトラックに押し込まれた。

顔、いがんどった。

実際は低次元の暴動やったナ。夢の世界なんかやない。機動隊や警察が本気出したら、シロウトなんぞイチコロや。

俺は公務執行妨害で連行されよったが、監獄には行かんと処分保留になった。

マークされてない新人やったこともある。

学校から、また停学処分を受けた。

高校にはマメに行っとったんやで。

中卒ではあとあとどうにもならんと、それはそれで考えとったんや。

とは言え、何か起こすたびに停学になった。

せやけど、いろいろあるもんや。

逮捕されたおかげで、ほんまもんのこころを見た。

機動隊は俺を殴り飛ばしよったが、更生の余地ない俺にも真剣に語る刑事がおりよったんや。

「お前には真っ白な魂《たましい》がある。汚すことないやろが」

なんや、このおっさん、何言うとんじゃ、と思うたが、結構響いた。

実際その言葉で、こころの何や黒いもんが、どろりと落ちた。

3

ヤンキーはだいたい、高校くらいから気持ちが変わっていく。

「人生はいろいろや」

と、先輩やら、導いてくれよる人らもおるんや。

中学は学校で威張《いば》り散らすのがうれしゅうて行っとったところもあるが、ヤンキーもヤンキーなりに成長する。

俺にしたって、卒業気分はじゅうぶんあった。しかし、学校は先入観で判断する。蓋した上から見よるんや。中まで見えるはずあらへん。

俺の入った高校も、ヤンキーの成長を見守ってくれるようなトコやなかった。

まぁ、それが普通やけどな。

たまに学校に行くと、担任がびびる。他の教師も身構えよる。

俗物の教頭は、

「荒井が来るとひどいいじめが起こる」

と教員会議で言いよったらしい。

いじめなんぞあるかいな。そんなもん、とうに卒業しとった。イジイジしたやつにかまうことなんぞ、小学生で終わっとる。

教師たちは結局無関心を決めよった。俺が学校に居るとき、腫《は》れ物に触るように気を使うとった。よけいムカついた。

それで結局、何となく、学校行くたびに暴れたわけや。

言い訳か？

俺が悪いんか？

そうやな、俺が悪い。じゅうぶんわかっとった。

どちらにせよ、たいした高校やなかった。教師も無気力な生徒を前に、いや、自分らの無気力を生徒のせいにして楽カマしとったんや。

ろくに授業を受けんかったのに落第もせんかった。学校も逃げ道がない。程度の低い学校が落第なんかさせたら、少子化とかいうやつで、入学希望者が集まらん。みえみえや。

教師と俺らとどっちが悪いか、甲乙付けがたいとは思うたが、とにかく俺は世間からこぼれ落ちた。

立派な刑事に感動したんやから、世間に残ってもよかった。せやけど、残らんかった。行く先ふさがれた気分が抜けんかったんや。

とどのつまり、俺は根性を入れてヤンキーを極め、ヤンキーの世界で幅を利かすようになった。一年生のゆかたまつりで、機動隊をぶっとばした実績を残したこともある。自信もついとったし、ツレもムショ帰りの俺を英雄に祭り上げよった。ムショやのうて姫路署に連行されただけやったが、そういうことになっとった。英雄になった俺のまわりにヤンキーがさらに寄ってきた。

半端もんの暮らしがからだに染みついた。ヤンキー顔はますます磨きがかかった。目は灰色に淀《よど》んで頬はこけた。剃った眉毛にニキビづら、荒れた金髪に黄色うて並びの悪い歯。

わがままで意志《いし》薄弱《はくじゃく》で、社会不適応の出来損ないができあがっていったが、そん時はそれで居心地悪うなかった。


しかし、そんな気分はさめる。

高校三年になって、ヒゲが濃うなった。

いっぺんにオッサンになってもうた感じやった。ヒゲのせいとは言わんが、オッサン気分なんや。

仲間がシンナーをやっとんのを見ると、気持ちが吐きそうになった。

何でもありの昔には戻れん。

自分の前にシンナーが差し出されるのは慎重に避けた。

君子《くんし》危うきに近寄らず言うやろ。意気地なしと思われたら、ヤンキーは一巻の終わりや。生死に関わることさえある。

この頃には、本当の自分はこんなんやないと、わかりすぎるほどわかっとったが、金色帝王族二代目なんぞと名乗った以上、引くに引けん。

この年のゆかたまつりには百人を超える集団のカシラとして担《かつ》がれ、勢いにまかせて乗り込んだ。

まつりはまた荒れた。

機動隊は前の年の二倍も動員されて、姫路駅前は革命のような騒ぎになった。

俺は最後まで集団の真ん中に居座り、興奮したまま夜更けを迎えた。

血走った目の向こう、天空にそびえ立つ姫路城が真っ白に光っとった。

4

特攻服のまま家に帰ると、母親の茂子《しげこ》が泣きついてきた。

尋常やない泣き方やった。

口や鼻やのうて、肺で泣いとった。

息絶えるかと思うほど泣き、ぐちゃぐちゃの姫路弁を喋りよった。

「頼むわぁ、信太《しんた》ぁ、お願いやから、まともになってぇな。こんままやったら、うち、死んでも死にきれん。特攻隊なんぞアホやめてくれ。ちゃんと卒業して、ちゃんと就職してぇなぁ」

茂子はおでん屋台の雇われ店員で、俺の家はやっと食っていけるだけの母子家庭や。屋台は姫路市が街おこしのひとつに常設してるトコやが、商店街のシャッター通りにあって閑古鳥《かんこどり》が鳴いてる。暑い夏なんぞ、一日の売上五千円とかの商売や。時給七百円の薄給は一日八時間働いて五千六百円にしかならん。それでも一日の売上に届かんで、役所の担当者から「何とかならんか」とイヤミ言われとるらしい。

母親は客商売には向かん。陰気で不細工《ぶさいく》な顔なんや。ましなネエちゃんでも雇えば多少売上上がるやろ、と思うが、うちの生活費はそこから出てる。

経済的には茂子は俺に感謝しとるかもしれん。ヤンキーのカシラやさけ、いっつもどこいでも、メシと寝るとこはあるんや。

が、とりあえず、ぎりぎりの暮らしや。

この日もまた、ちゃぶ台におでんやった。屋台閉めた後、形が崩れて売り物にならんようになったおでんを三掛けで買うてきよる。月の半分はそれが晩飯や。

茂子は生姜醤油《しょうがじょうゆ》を小皿に出して言った。

「飯食いいな。腹減ったやろ」

イラだっとった。昨夜は徹夜やったしな。

「うっとうしいんじゃ！」

俺はちゃぶ台を蹴った。

おでんの鍋がひっくり返り、生姜醤油も飛んだ。

これを月に何度か繰り返す。うちの畳はおでんの汁色や。においも染みこんどって、油虫が来よる。

俺はもう一回蹴った。

しかしこの日、茂子はしつこくからんできた。俺の足にすがりつき、涎《よだれ》に濡れた唇をビロビロとこすりつけよった。図体のでかい犬に嘗められてる感じやった。

「やめんか！　おでん臭《くそ》うなるやんけ！」

「うーっ。お前、こんなヤーサンみたいになって、お父ちゃんに何て言うたらええ」

「お父やと！　何いうとんじゃ！」

冷静なときでも、父親という言葉に血液は沸騰《ふっとう》する。加古川《かこがわ》の製鉄工場に居《お》るんは知っとったが、俺が十歳のときに家を出た。そんな男に情はない。

しかし俺が暴走行為で二十万円の罰金を食らったときは、後で知ったことやが、茂子は金を無心《むしん》に行ったらしい。

「自分を捨てた男に二度と会いたない」

と口では言うのやが、その会いとうない元亭主も、知り合いが極端に少ない茂子のわずかな知り合いのひとりなんや。

俺がヤンキーになったんも、元はと言えば暗すぎる母子家庭や。今さら、家出た父親がどうやこうや言われるいわれはあれへんわい。

「だぼ、どけ！」

茂子の腹に蹴りを入れた。

「うっ」

茂子は畳に這《は》いつくばり、涙をこぼし、喉を詰まらせて吐きよった。

母親と二人だけの文化住宅。狭い六畳間にタンスとちゃぶ台があって、畳が見えとるのは二畳足らずや。わずかに空いたその畳の上に、茂子は反吐《へど》をぶちまいた。ぶちまいた、というのは正確やなかった。こんなちょっとしか吐けんのか、と思うほど、情けない量やったんや。

「頼むぅ、信太ぁ」

茂子は繰り返した。

「お願いやから、まともになってくれ。ちゃんと卒業して、ちゃんと就職してくれよ」

ひどいツラ。丸まった背中。情けのうて、見とられん。

母親の背中を支えて抱き起こした。

めちゃ痩《や》せとる。思わず訊いた。

「お前、ちゃんと、メシ食うとるんか」

流しにタオルがかかっとったのを水で絞り、畳の反吐を拭いた。

人生変えなあかん。

目の前の空中に「卒業」の二文字がふらふらと浮いとった。

5

そんなこともあってな、高校を出たら就職することにしたんや。

とはいえ、ネクタイ締めたサラリーマンになるとかは考えもせんかった。

すぐ飽きるし、ヘマして、喧嘩して、辞めるイメージがリアルやったからや。

そいで俺は、ＪＲの試験を受けることにしたんや。

ＪＲは昔で言う親方日の丸や。昔気質《かたぎ》の茂子も、それやったら納得するやろ。

小さい頃、俺は列車が好きやった。車掌がカッコエエと思うとった。姫路駅のホームで何台も何台も、停車して発車する電車を見とった。

そんなことを思い出した。

八月に入って、周りが驚くほど勉強した。深夜のバイクにもこころ動かさず集中した。

その甲斐《かい》あって試験に受かった。最低限の成績やったやろうが、大まじめの顔で面接をクリアし、ＪＲ西日本の姫路列車区に入った。

特攻仲間からは、やんややんやの大喝采を浴びた。

自慢の金髪は茶色になった。茶髪も禁止やったが、

「もともとこんな色」

と短めにして制帽に隠した。ピアスは茂子に泣きつかれてはずした。

真新しい制服のせいで、見た目は清潔な車掌になった。

ツレは、

「ほんまもんの鉄道員《ぽっぽや》や」

とからんできよったが、研修期間を無難に過ごし、車掌になった。実際、俺はまじめに働き始めた。

まともな勤務姿を見た茂子が感激して姫路駅で泣き崩れるという、はた目には感動的な事件もあった。

ところが予想通り、すぐ飽きてきた。

ヤンキー気分は簡単には抜けんし、仕事が地味すぎる。

「順序よくお乗りください、ドアが閉まります、次は神戸……」

毎日同じことを、まじめに喋らなあかん。

むかつく標準語や。こんな喋り方、やったことない。
ニセ者の俺、俺のニセ者や。
運転手にならんで良かった。こんなイラついた気分やと、客なんぞ忘れて暴走する。
即刻クビや。
それもありか、とも思うたが、やったらきっと茂子が自殺する。
ご免や。暗すぎる。

ロケットカウルに特攻服。
いつも風を切って走った。爆音が姫路城に跳ね返る。
夜は永遠で、心は宇宙の果てまで広がってた。
そんな俺はどこへ行ってもた。

6

「おお、信太やないか」

特攻仲間が加古川駅で乗り込んできた。勤務中にツレと出くわすのは、車掌になってはじめてやった。

適当にバイトして、いまだにふらふらしている連中や。フリーターとかニートとか言うらしい。

「ういういしい車掌さんや」

生姜農家のせがれ、クソッタレの下川《しもかわ》が、ニタニタした顔を車掌室のガラスに引っ付けてきた。キレるとわめき散らすアホで、ゆかたまつりのとき火炎瓶を警官に投げてどつかれた。

ツレがおってもタメ口たたくわけにはいかん。渋顔をあばた面の下に押し込めた。

「順序よくお乗りください」

下川が吹き出しよった。

「ワハハ。順序よく、やと。お前、順序守ったことあんか?」

「優先座席では携帯電話の電源をお切りください」

実家は龍野《たつの》の醬油屋、モモヒキ顔の吉村《よしむら》が、派手にデコった携帯を耳に当てた。

「電源切らんかったら、どうなるんやろな。車掌に逮捕されるかの」

世間からはみ出ることにしか価値を見出《みいだ》せんヤンキー根性。腐っとる。

吉村は脳味噌が筋肉でできてる典型や。アホさでは姫路一かもしれん。声もでかい。車掌室のガラス通してもハッキリ聞こえる。

「おう、愛子《あいこ》か。車掌の荒井信太さんが、きれいな制服着てな、電車で携帯かけたらあかんと注意してくれてるわ。親切なこっちゃ。アナウンサーみたいな東京弁でな、ええ声や。今にも信太とやりとなったやろ。なに、もうええか？　信太とはやりすぎとるからな。どうや？」

何がどうやや、クソモモヒキ！　意味不明！

山田《やまだ》愛子は二歳年下の女で、俺の特攻服に憧れたとかいうて、中学行かんと引っ付いて来た女や。カワイイ顔しとったんで付き合うようになった。

せやが、就職してから愛子とは、なんや話が合わんようになった。

「愛子、信太とご不和らしいやないか。なんやったらわしが替わったるで」

ご不和ってなんどい。ほっといてくれ。

わけわからんこと言うなモモヒキ！　わざわざこんなとこで電話してからに。頭割れるわ。

明るいヤンキーのふたりとは対照的なんが眉間《みけん》の辰《たつ》こと若村《わかむら》辰夫や。小さい頃、自転車でトラックにぶつかって顔に傷を負いよって、眉間に一生消えん傷跡が残った。無口で小柄なくせ迫力のある男で、ケンカも強い。特攻隊の誰もが一目置く実力者や。

ゆかたまつりの夜、武装隊員を素手で五人も殴り倒す武勇伝を作りよった。

若村家は江戸時代から続くかつおぶし屋で、父親は地元の顔役。荒くれ漁師にも顔が利く大物や。辰も生まれながらに任侠《にんきょう》路線を引き継いどる。

その辰が何も言わず、俺を見とる。

何を見とる。と思うたが、他のふたりの、ゆるんだ目とは違う。

「次は姫路、姫路、終点でございます……」

辰は、なんや、感慨深げにうなずいとる。突っ張りまくっとった眉間の辰が、モノのわかったような、優しい視線を俺に向けとる。

夜空に爆音を響かせた空気と違う。妙なもんがここにある。

制服の俺、その俺を、まっすぐ見据える辰。クソッタレの下川も、見れば競馬新聞を抱えとる。世俗慣れした下川やったが、競馬なんぞやっとらんかった。俺をなぶるのも、とってつけたようにねちっこうなっとる。

どいつも思い切り欠点の見える奴らやが、こいつらと居るとき、青春は爽快やった。今、何かが変わってる。

俺も変わった。パチンコ行くんも、学校をサボるという正当な理由が消えて、おっさんの手なぐさみになっとる。給料生活者になって、もやもやを発散するやり方もサラリーマンになってもうたんや。

からだの感覚がバイクから遠ざかってる。

夜空も今や遠い空や。

これからは退屈でヘンコな老人になるための、報われん時間を過ごすだけか？

くそっ！　気分悪い。

7

週明けの月曜日、朝七時。姫路発米原行きの新快速。

有名な満員電車や。

朝の通勤時間帯は姫路ですでに満員。明石あたりからはスシ詰め列車になる。

俺は昨日、パチンコで大負けし、イライラが募っとった。

イライラしとった上に、月末のせいか人間の数が多い。ドアを閉めようとしても、あとからあとから乗りよる。

「駆け込み乗車はおやめください」

ええかげんにさらせ！　次の電車待たんかい！

乗りかけてるやつがいようとドアを閉めてやりたい。が、堪《た》えんといかん。仕事や。

駅での停車時間は四十秒。が、朝はだいたい一分かかってまう。

ダイヤが狂うと会社がうるさい。

くそっ！

なんどい、これは！

風の中を爆走するのが俺やぞ。

俺には四十秒でもトロい。目標はスッと三十秒。しかし今日、溢れるような客がおる。

「順序よくご乗車ください」

やさしく放送するが、客は聞いとらん。

「駆け込み乗車はおやめください！　駆け込み乗車はおやめください！」

くそっ！　くそっ！

わかったわ。ようし、もうええわ。

目視をやめて三十秒でドアを閉めた。乗り遅れる奴らがおったようやが、誰も挟まれよらんかった。

三十秒でもやれとるやないか。

発車した。

車掌室に面するガラス窓にノースリーブの女が張り付いてきた。まわりに圧迫されて、胸の膨らみをガラスに押しつけとる。

今日は朝から暑い。乗客の額に粒の汗が浮いてる。

女も汗だくや。乳首から汗がにじみ出して、ガラスに丸い蒸気の輪っかを作っとる。

高校の時は女もよりどりみどりやった。目の前に居るような、派手で胸の大きな女をよう引っかけた。

ろくでなしで、まともやなかったときの方が女にモテた。

まともな職に就いたら体質が変わったのか、愛子に言われた。

「アンタ、においが変わったわ」

何のにおいが変わったちゅうねん？

スシ詰めのこいつらと同類になったっちゅうんか？　くそっ！

「車内での会話やメール交換など、携帯電話のご使用は心臓ペースメーカーなどへの悪影響が報告されておりますので、車内では電源をお切りくださいますよう、皆様のご協力をお願いいたします」

なんで、こんな難しいこと言わんといかんのや。舌嚙むやないか。くそっ！

「奥の方から一歩ずつ中へ詰めて……（アホッ、さっさと詰めんかい！）……駆け込み乗車はおやめください……（コラッ、走るな言うとるやろが！　アホタレ！）……列車はすぐに発車いたします。ドアが閉まります……（閉まる、言うとるやろ。次の電車にせんかい！　ボケッ！）」

兵庫を過ぎ、神戸駅が迫ってきた。となりの線路を各停が速度を落として入ってきた。すさまじい勢いで、乗り換えが起こる。

とにかく一番イラつくのが朝の神戸駅や。

新快速と各駅停車がタイミングを合わせてホームに入り、大阪へ向かう大量の乗客がいっせいに乗り換えよる。次の電車を待ってもたった十五分やが、通勤客は乗り換えに人生そのものを賭けとる。

ひとつのホームを挟んで列車が向かい合う。ほとんど同時にドアが開き、それぞれの列車から大量の客が反対側の車両へ走り込む。

神戸駅ではいつも人が多すぎて先頭の車両が見えん。十二両ある列車の一番前の車両まで首を伸ばして見渡し、笛を吹き、安全を確認してドアを閉める。

メチャ疲れよる。超むかつく。

切れかけの気持ちをギリギリ抑え、万全を期してドアを閉めた。

ところが、閉まりかけのドアに客がひとり突進し、首だけを列車内部に突っ込みよった。

コラッ、何しとん！

駆け込みはアカン言うとるやろ！

ところが、脳天に上りかけた血がスッと引いた。

立派なサラリーマンが頭をドアに挟まれ、動きかけの列車に引きずられてタタラを踏んどんや。

おや？

おもろいやんけ。

次に起こった出来事は、これまたギャグやった。

乗員整理の駅員が二人がかりで男のケツを引っぱったが、そのタイミングでドアを開けてやると、三人そろってホームにひっくり返りよったんや。ひどい転け方や。

俺は大笑いした。

これはええわ。またやったろ。

気分良かったが、いきなり乗員交替させられた。

駅長室へ呼び出された。

「安全管理を何と心得るか！」

尻餅《しりもち》をついた駅員は助役やった。見るからに俗物で、俺の一番嫌いなタイプや。

むかつく。せっかく気分良うやっとったのに……

姫路まで戻り、理由を適当に見つけて、昼過ぎで早退した。

駅前のパチンコ屋で挽回《ばんかい》を期したが、一時間で一万円損した。

妙に早い時間に家に帰ったんで、茂子に詰め寄られた。気分悪い。無視しとったが、茂子はおろおろと泣き出した。
「頼むから、仕事、辞めんとってよぅ。こらえてよ……」
じゃまくさかった。ビールを一本飲み、布団をかぶって寝た。
酒に弱なった。すぐに酔っぱらいよる。頭も痛い。
現実の延長みたいな夢を見た。姫路、加古川、神戸……
くそっ！
また挟んだる。
俺の基準は停車時間三十秒や。神戸駅だけは大目に見てやるが、一分の線は譲らん。
俺が法律や。
明日もやったるわ。

8

次の日も同じ列車で勤務が始まった。いつもと同じ、姫路から新快速に乗り込み、
駅ごとに放送した。

ところがこの日、絶好の日になった。ＪＲと並行して走る山陽電鉄に車両故障があって、私鉄の客が大挙ＪＲに流れ込んできよったんや。

新快速は始発の時点で超満員。加古川、西明石と停車して超超満員。明石では超超満員の上に、さらに超超満員の乗客が乗り込んできよった。

列車は破裂寸前や。

「駆け込み乗車はおやめください」

突然、このフレーズが快感になった。乗客は地獄の戦いを繰り広げとる。

「車内での携帯電話のご使用は心臓ペースメーカーなどへ（かけれるもんやったらかけてみぃ）……奥の方から一歩ずつ中へ詰めて（ほれほれ、さっさと詰めんかい）……駆け込み乗車はおやめください（走って転べ。怪我せぇ）……列車はすぐに発車いたします。ドアが閉まります（閉まるぞ、挟むぞ）ホホホ」

機嫌良うマイクに喋ったが、笑《わろ》てしもうた。

ひとりの乗客が俺の笑顔を咎《とが》めるように、車掌室の窓ガラスを叩いて怒鳴りよった。

「何がおもろいんじゃぃ！　何とかせんかい車掌。死にそうやないか」

ガラス越しのくぐもった声に、敵意が詰まっている。

ケッ。知るか。ガラス叩くな。無理！

車掌室のガラスに張り付く顔、顔。悪意の視線、怒りの視線、虚無の視線。

よぉし、今日はやりたい放題やったるわ。

腕時計を手首からはずし、右手の拳《こぶし》に握りしめた。

「神戸、神戸でございます」

かつてない重量を詰め込んだ車両がホームに滑り込んだ。俺はドアを開けた。

ホームは人で埋まっていた。雪崩《なだれ》のように人が列車へ突撃していく。俺は秒針に目を落とした。

これはひどい。しかし俺がルールや。ルールは一分。

三十秒経った。
四十五、五十秒、五十五秒、入口に殺到するが、満員すぎて隙間がない。
挟まれ！

そら、チリンチリン。発車の合図や。レッツゴー。

俺はボタンを叩くように押した。

あれ？

列車は発車しようらんかった。群衆をかき分けて、助役が走り込んできた。

「貴様！」

また列車を降ろされた。

「何故《なぜ》発車の合図を出した！　安全確認せずに合図するとは何事か！」

俗物め。

「確認しました」

「しとらん！　乗客は乗り込んでいる途中だった」

眉間に青筋が浮いている。そこへ駅長がやって来た。

「何かあったのかね？」

なんやかんや助役は言っていたが、事故があったわけでもなく、お咎めなしやった。

助役が駅長を睨んで引き下がったところを見ると、このふたり仲が悪いようや。

「とにかく、安全第一だ」

駅長は俺の肩をやさしく叩いた。が、目は笑うとらんかった。

「しかし、今度やったら懲罰になるかもしれんよ。わかったかね？」

こいつも俗物や。

なんぼのもんじゃ！

俺は生きてない。息しとるだけで死んでる。

特攻仲間を呼び出した。

いつも溜まっとった茶店に集まった。

「これはこれは、鉄道員の信太さん」

クソッタレの下川が入って来るなり言った。

「お元気にお勤めでいらっしゃいますか」

「チャチャいらんわ。座れ」

俺の不機嫌に驚いたのか、クソッタレもモモヒキも黙って座った。

俺は言った。

「特攻やるぞ」

「まじかい」

「ああ、暴れたるわ」

モモヒキがうれしそうに言った。

「カシラが戻ってきたんかい？」

大きな声や。

「うずうずしとったんや」

下川も言った。

「ゆかたまつりやな」

俺は訊いた。

「お前ら、まだ特攻服持っとるか？」

辰は声を出さなかったが、黙ってうなずいた。

9

俺はそれから三週間、がまんにがまんを重ねて勤務した。

そして六月二十日、ゆかたまつりの夜が来た。

俺らは城南《じょうなん》公園に繰り出した。

「むちゃくちゃやったるわ！」

ところが唖然《あぜん》とした。祭りがぜんぜん、盛り上がってない。

「夜店、これだけなんか？」

「屁みたいやないけ」

モモヒキは地面にペッとつばを吐いた。

「ゆかたまつりもシケてもたのう」

相変わらずヤンキーはぞろぞろと多いが、よくみれば「大島優子命」とか背中に刺繍して、コスプレみたいに見えた。

それでも夜が更けると、恰好だけのヤンキー連中も酒が回ってきて、こぜりあいがそこら中で起こり始めよった。

「そろそろやな」

どこかのグループが第一声を上げ、爆竹を鳴らす。それが合図や。

ところが、はじまったのはステージの出し物やった。中学生みたいなジャリタレが出てきよった。舞台に上がると、学ラン連中は声を上げ、ネオン管をリズムに合わせて振りはじめよった。

た。

「なんどい、これは？」

クソッタレもモモヒキも険悪な顔をしたが、俺のからだから、すーっと、力が抜けた。

俺らの時代は終わった。

もうない。そう思ってしもたんや。

ところが、眉間の辰。こいつは、まだまだ古風な愚連隊やった。

機嫌よう踊るコスプレヤンキーの中へ、角材を振り回して突っ込みよったんや。

「キャーッ」

コスプレヤンキーの群れが割れ、ステージの音楽が止まった。

「何しよんねん」

舞台にかぶりつきで踊ってた「大島優子命」が迷惑そうな顔をしよった。その上、そいつは言いよった。

「誰か、警察呼べ」

辰はそいつのツラを、角材でしばいた。血しぶきが飛んだ。

辰は血を見ると火がついてまう。

辰は奇声を上げて商店街へ走り出した。クソッタレとモモヒキと愛子がついて行った。

俺は何もしとうなかったが、連中がキレたらヤバい。後を追いかけた。

辰は店のガラスを割りまくった。

「おりゃおりゃおりゃあ！」

モモヒキがどでかい声を上げ、

「これでも喰らえ！」

と火炎瓶を投げた。

商店街の地面に火が広がった。俺も一瞬、腕で目を覆って火を避《よ》けたが、すぐ瓶が割れた場所へ走り込んだ。

「誰もけがないか！」

俺はまわりを見渡して安全を確認したが、浴衣《ゆかた》を着た人たちは俺から逃げた。特攻服やったからな。しかし、転けた小学生を起こしてやると、母親は俺に礼を言ってくれた。

連中は商店街を奥へ走った。

ヤマトヤシキ百貨店の前で、モモヒキがまた火炎瓶を握った。

そこにおでんの屋台があった。店番の茂子が目を剝いて固まっとった。

「茂子！　逃げ！」

俺は声を上げたが、モモヒキは投げ込み、屋台の地面を火が這った。

俺はモモヒキに飛びつき、大きなモモヒキのからだを地べたに押さえ込んだ。

そして声を上げた。

「火、消せ！」

商店街の誰かが消火器を持って来た。俺はそれを引ったくり、地面に向かって噴射した。

そのとき、サイレンを鳴らしてパトカーがやってきた。

俺ら全員、手錠をかけられ、姫路署へ連行された。

10

「お前ら、ええかげんにせえよ」

前に会うた刑事やった。

「角材でどついたんは若村辰夫か？　ほんで、火炎瓶投げたんは下川と吉村やな」

刑事は言った。

「傷害に暴行に器物破損に火炎瓶処罰法違反。調書取るわ。そいつら、連れてけ」

制服の巡査が、三人を連れ出した。

俺と愛子が残った。

刑事は俺に目を向けた。

言い逃れはせん。どうにでもせえ。

しかし刑事は言いよったんや。

「お前ら、帰ってええぞ」

「なんどい？」

「証言もあるんや。白い学ランの人は暴れてない、仲間を止めたし、火も消した。怪我した小学生も助けてくれたって」

「いや、それは、ちゃうやろ」

刑事は俺の目を見ながら、ちょっと黙ったが、静かに言うたんや。

「信太。わかっとるて。カシラやから責任取る、いうんやろ。妙な男気はいらん。やめとき。もし送検されてみ、ＪＲは懲戒になるで」

俺はぐうの音《ね》も出んかった。

「姫路の祭りもな、昔みたいなことはないんや。大手前公園と東通りの露店がなくなっとったやろ。七百もあった屋台が今年は三十。露店組合が暴力団に資金提供してると、行政処分になったんや」

刑事は言った。

「昔はテキ屋も社会の一部やったが、時代は変わった。もう、そんなんあかんのんや」

刑事はタバコを取り出した。

「吸うか」

「ええんか」

刑事はパッケージを振り、一本を立てた。

「取り調べ室にタバコは付きものや」

「おっさん、ドラマ観すぎや」

「何ぬかす。ワシはドラマちゃう。本物や。ほれ、お前も吸うか」

ずっとうつむいていた愛子が顔を上げた。

「愛子も十八になったやろ。そろそろ、豆腐屋手伝《てつど》うたりいな。ひとり娘やろ。わしもあんたとこの豆腐に世話なっとる。おでんに入ってる薄い焼き豆腐、絶品や。伝統は受け継がな、な」

愛子は指を伸ばし、タバコを受け取ろうとしたが、大きな瞳にみるみる涙がにじみ、わめくように泣き出した。

「わ――っつわ―――、わ――っつわ―――」

愛子はテーブルに顔を伏せた。

刑事はあきれた顔をしたが、タバコの煙を吐き出しながら、愛子が落ち着くのを待った。俺も火をつけてもろうて、煙を吐いた。

ひとしきり泣いた愛子に、刑事は言った。

「愛子、せめて中学だけは卒業すんやで。アホの人生はかなんぞ」

この刑事、全部わかっとる。

愛子は顔を伏せたまま、言った。

「夜間中学行っとる。もうすぐ卒業や」

声はぐずっていたが、はっきりと聞こえた。

刑事は愛子の背中をやさしく撫でた。

「そうか。そうやったか。わかっとるんやな。それでええ」

愛子が顔を上げげた。

「うん」

化粧はぼろぼろ、つけまつげが両目ともはずれとった。

刑事も、

「何ちゅう顔や」

と笑ったが、濡れた愛子の大きな瞳はきらきらしとった。

突然、刑事が手を打った。

「そうか」

笑いはじめた。

「わはははは。これは、おもろい」

「なんやおっさん、気色わるい」

　刑事は言った。

「下川は生姜農家やな」

「そうや」

「吉村が醤油屋で若村がかつおぶし屋、愛子が豆腐屋てか」

「…………」

「実はわしの実家、八百屋や」

「は？」

「わからんか？　ヒントやるわ。野菜は大根とジャガイモ、焼き豆腐に厚揚げ、愛子とこはちくわもひろうすも売っとる」

　ちくわとひろうす……

「お、おでんか」

「ほんで、おまえの母ちゃん、屋台のおばちゃんや」

　考えたこともなかったが、そう言われれば全員、姫路のおでんを支える家に育っている。

「お前ら、おでんの屋台壊したやろ。元の商売できるように責任取らなあかん。しかしお前らみんな、姫路の伝統受け継ぐ家に生まれとる。何かおもろいやり方あるかもな。考えてみたらどうや」

なんやそれ、と思うたが、夜も更けて腹が減っとった。

生姜醬油につけた、スジコンやひろうすを思い出した。

しっかり取っただしに沈むおでん。姫路おでんはそれだけでじゅうぶん味があるが、三回に一回は生姜醬油につけて食べる。

無性に食べたい。思わず言葉になった。

「愛子、あいつら出てきたら、おでん喰いに行こか」

愛子も素直に頷いたが、

「あいつらはここに泊まりや」

刑事は言った。

「それより、お前んとこのお母ちゃんや。怖かったやろ。火炎瓶投げつけられたんや」

「そうか。そやな」

「愛子も行ったれ。三人でおでん喰うてき」

愛子はまたうなずいたが、ちょっと笑いながら言った。

「その前に着替えよ。うち、これ、もう飽きたわ」

愛子はレディースのドレス。

「そうやな」

俺も笑った。俺は白い特攻服や。

どっちも古い。ぴかぴかやったのは新品のときだけ。虫が食わんように直しとったせいで、ナフタリンの臭いがきつい。

刑事は言った。

「信太。お前も今年二十歳や」

「そう」

「成人式、その恰好で行くつもりやったんか？」

「いや、ま」

刑事は灰皿にタバコを押しつけた。

「もう卒業やな」

刑事は言った。

「暴れてもな、別のイライラが募るだけや。ひとつ教えといたる」

刑事は黒目を絞《しぼ》るように俺を見つめてきた。

「イライラしたら全力で仕事せえ。ひたむきに、誠実に働け。誰かがきっとお前を見ている。そういう風に生きていけ。それが男や」

そして最後に言った。

「わしみたいな老兵は退場や。未来はお前ら若者にかかってる。がんばれよ。な、カシラ」

11

朝の神戸駅、いつもの乗り換えのとき、事件が起きた。

満員の各駅停車、扉が開いたとたん、男が向かいの新快速へ走り込んだ。

ふだんの風景かと思ったが、髪を振り乱したワンピースの女が出てきて男の背中へ叫んだ。

「痴漢よ！　あいつ」

男は満員の新快速へ頭を突っ込んできた。車内にからだをねじ込もうとしたが、俺はドアを閉めた。

列車のあちこちで客が挟まった。

痴漢男も頭だけ突っ込んで、タタラを踏んだ。

形相を変えた助役が車掌室へ走ってきた。

「ドアを開けんかい！」

ボタンを押した。

タタラ男の首がはずれ、胴体もろともホームにへたりこんだ。

助役が俺の腕をつかんだ。

「貴様、何を考えておる！　懲戒免職を覚悟しろ！」

しかしそのとき、制服警官がホームに走り込んできた。

女性がヒステリックな声で警官にとりついた。

「こいつです。スカートに手を入れて、パ、パンティーに指を！　いやぁ!!　変態！」

女は強烈なビンタを痴漢男に見舞った。

男は警官に両脇を抱えられ、連行された。

助役は目に火を噴いて俺を睨んでいたが、その背中で拍手が起こった。

女性が近寄ってきた。

「車掌さん、スゴイです！」

「スゴイ？」

「感謝します！　痴漢をドアに挟んでくれたんでしょ」

「ま、まあ、そうですね……」

たいしたことない。

テクニックを磨いてきたおかげや。悪さも活きることがある。

別に何とも思わんかったが、気づけばホームの人間がいっぱい、俺に向かって拍手をはじめよった。

「車掌さん！」

女がさらに近寄って来た。

「な、なに？」

見れば髪は逆立ち、でかい胸がはだけ、短いスカートがめくれてガーターが見えている。

どうせえちゅうねん。

俺は後ずさり、列車の最後尾にもたれかかった。

そこへ何かがブチ当たってきたんや。

俺はアッという間もなく、線路へ落ちた。

女がまた叫んだような気がしたが、俺の頭に何かがぶつかって、あとは真っ白になった。

12

目を覚ますとベッドで寝とった。

頭がボーッとして視野がぼやけとる。

「信太！　目、さましたんか？　気分はどうや？」

「シ、シゲコか……」

状況がようわからん。

「お前、まる一日目覚まさんかったんや。おお、生きとる」

何のこっちゃと聞こうとしたが、

「助役さんが来てはんで」

「助役?」

「話あるて待ってはるけど、しんどかったらまたにしてもらおか?」

あいつや。クビ言いに来よったんや。

ええわ。覚悟はできとる。

「入ってもらえ。話つけるわ」

茂子は不審な顔をしながらも、看護師に会釈をした。

助役が入ってきた。

「けっ」

と思ったが、スーツ姿の女性を連れている。

女性は花を持っとる。横にはあの刑事もおった。

助役は言った。

「荒井くん、どうや？」

荒井くん？　何やこれは？

女性が俺に花束を差し出してきた。

「その節はお世話になりました。感謝いたします」

誰？

俺はきょとんとしたが、助役が言った。

「痴漢を撃退してくれた君に直接お礼が言いたいとお越しです。ＪＲとしては辞退したんですが、是非にと」

あの痴漢女か？

薄いピンクのスーツに真っ白なブラウス、口紅が赤い。

まさかの美人やないか。

するとそこに、今度はふたり入ってきた。母親らしき女性に手を引かれた男の子や。

子供は言った。

「おにいちゃん、助けてくれてありがとう」

あらためて気づいたが、いやに上等の部屋や。布団もええ匂いがしとる。

枕元には高そうな果物やら豪勢な花束が積んである。

上等な病院の、しかも個室や。

刑事が笑った。

「こいつ、頭打って覚えてないんや」

「ニュースも見ておられないのですね」

女性は新聞を取り出し、

「では私が」

と読みはじめた。

「ＪＲ姫路列車区勤務の荒井車掌に市民賞授与。車掌は機転を利かせた行動で痴漢逮捕に協力したばかりでなく、ホームに転落しそうになった子供を、自身の身を線路へ投げ出しながら間一髪救った。その行為に、各方面から賞賛の声が上がり、姫路市議会では荒井車掌を名誉市民とする案を上程する」

女性は言った。

「全会一致で決まりました。何せ姫路市はタカダケンゾーさんとあややくらいしか有名人がいないので。今や全国区となった荒井様には是非、名誉市民になっていただきたいと思う次第です」

全国区やと？　何のこっちゃ？　こいつ、何者？

女性はていねいに腰を折りながら言った。

「姫路市の助役をしております島田《しまだ》と申します。このたび荒井様は二重の人助けという快挙を成し遂げられ、ＪＲのみならず、姫路市のイメージアップにも多大な貢献をされました。市長以下、市民を代表して感謝いたします」

そのとき、ドアが開いてテレビカメラが入ってきた。

「荒井さん。名誉市民のご感想は！」

茂子がハンカチで目頭を押さえとる。

窓の外、夜のしじまに姫路城の天守が輝いとった。

13

妙な具合にいろいろ褒められ、賞状までもらうことになったが、俺は車掌を辞めた。

偶然が重なって悪さがごまかされたが、けじめをつけなあかん。

調子こいて生きて行く、そんなことはできん。

辞表を出した。

助役は妙な顔をしよったが、憑き物が落ちたような顔でもあったわ。


またヤンキーに戻ったてか？

アホ言いな。卒業したわ。

仲間も全員、卒業したんや。

俺が入院してる間に、仲間は壊した屋台を修理した。

さらに「罪滅ぼしや」とそれからひと月、屋台の商売を手伝うた。

みんな一家総動員でな。ほんで、どの家もええ人ばっかりなんや。

「このさい、おでんの屋台、盛り上げたるわ」

と気合い入れてくれたんや。

辰とこはけずりたてのかつお節持って来て、料亭のような一番出汁をとった。愛子の豆腐屋は車海老《くるまえび》や松茸《まつたけ》を入れた特製のひろうすを作った。吉村とこは樽《たる》から生醤油を汲《く》んできた。下川は生姜を屋台で摩《す》って、できたての生姜醤油を作った。あの刑事も「地産地消や」と、元気のええ野菜をいっぱい持ってきた。

姫路の女性助役があれやこれや宣伝し、屋台は大繁盛した。シャッター通りで貧相な売上しかなかった屋台が、突然街おこしの象徴になりよった。

女性助役は次の市長選に出るらしい。当選確実との噂や。

それもええやろ。


「もう卒業やな」

刑事の言葉はマジになった。

それから二年、俺は愛子と結婚することにした。

あのとき、取り調べ室で愛子が泣いたやろ。

「こいつを幸せにしたらなあかん」

そう思うたんや。

愛子も苦労の末、夜間中学卒業して家業に入った。

俺は母親の屋台をいっとき手伝うたが、豆腐屋の養子に入ることになったんや。

「素人やさかい、一から教えてもらわんといかん」

愛子のおやっさんに挨拶すると、

「華井中の荒井やろ。わしは根性入った男が好きや、商売は教えたる。愛子を頼むで」

姫路にはええオヤジがいっぱいおる。

華井中の荒井は消えた。苗字も山田に変わった。

特攻仲間も家業がサマになってきた。


俺のこころは旅をしたが、こころには帰る場所がある。


しあわせな話やないか。

涙出てきよったわ。

あとがき

私の書く物語は虚構《きょこう》です。巻き起こる事件、ささやかな日常のひとこまさえ事実に立脚していません。世にも面白い経験談を聞き知った、としても、事実を虚構の世界へ運んではじめて物語になります。時代設定も昭和であり、たった今だったりします。

ところが、物語で作り出した人物は私が物語を紡《つむ》ぐのを待っていたように、現実の姿を伴《ともな》って現れるのです。まるで最初からそこにいたかのように。そんな人たちの登場により、虚構の物語は現実とつながります。

「まぼろしのパン屋」は全編通して夢物語です。登場する個人名・企業名も架空ですが、青葉台に住む友人に構想を話したところ、彼女は人目もはばからず喫茶店で涙を流しました。伯父《おじ》さんが渋谷に本社がある電鉄会社の経理マンだったのです。あれまあ。涙を拭きなよ。これは小説なんだから、とハンカチを差し出しました。

「ホルモンと薔薇」においては、あれよあれよと作中人物が現れました。隈病院外科医の舛岡先生、川越歯科の親子先生、モトコー焼肉スナックはまさかの春子さん、吉川酒店の吉川夫妻、財布を盗られてBARでうなっていた自衛隊員の母タカちゃん、おしゃべりな神戸中央郵便局営業課長の尾藤さん、コンビニの駐車場に停まる自衛隊のジープを目撃するに至り、赤い薔薇の風景が加わりました。

「こころの帰る場所」を書いたあと「まるでそんなひとが居る」と会いに行ったのが建設業を営む金山さんでした。サングラスに白いスーツ、女連れで中学校の卒業旅行に行った「ごじゃしい」（姫路では悪い奴のことをそう呼ぶ）です。そして悪いガキほどいい大人になる、これを地でいった人です。あらゆることを経験して今や酸いも甘いもわかるオヤジになり、世間からはみ出した若者に、工事現場の仕事を通じて、人として大切なことを教えています。

　建築家の原クンは林間開発の歴史を教えてくれ、姫路おでん普及委員会の前川さんは、引きこもり若者の再就職支援をおでんの屋台で行っている活動を紹介してくれました。

想像の世界は現実の鏡です。そして鏡の中の物語にこそ、ひとの心が表れます。
皆さんのおかげで、どれも人間くさい話となりました。感謝いたします。

松宮　宏

解説

大森 望

ガタッ。

松宮宏の六年半ぶりの新作が、文庫書き下ろしで刊行だと！

すばらしい。なんという吉報。しかも、その新作がひと足早く読めるとあって、この解説をふたつ返事で引き受けたわけですが、いやもう、期待に違《たが》わぬ出来。

……と、いきなりテンション高く書きはじめましたが、あらためて簡単に説明すると、本書は新作三編を集めた文庫オリジナル短編集。もうちょっと詳しく言うと、全体の半分を占める中編の表題作「まぼろしのパン屋」に、その半分の長さ（六十ページ弱）の短編二編、「ホルモンと薔薇」「こころの帰る場所」がくっついた構成。

パン、ホルモン（焼き肉で食べるほう）、おでん——と、どれも食べものが軸になるから、ゆるやかな連作と言ってもいい。コミカルなタッチとあたたかな視線は三編に共通する。一言でいえば、人情噺《ばなし》ですね。現実にはありえないような話という意味では、寓話的でもある。なのに、おとぎ話めいた絵空事にも、古くさい感じにもならないのは、絶妙のディテールが現代の空気感を切りとっているから。

実在の地名や事物を〝ありえない話〟とミックスさせる手法は、松宮宏の得意技。『秘剣こいわらい』では京都、『くすぶり亦蔵』ではニューヨーク、『はるよこい』では（大阪の）道修町《どしょうまち》……という具合だが、本書表題作の「まぼろしのパン屋」には、神奈川県大和市《やまと》の新興住宅地、つきみ野が出てくる。

つきみ野といえば、ＴＢＳ「金曜日の妻たちへ」（一九八三年）、フジテレビ「あなたの隣に誰かいる」（二〇〇三年）など、ドラマのロケ地としても有名ですが、小説の舞台になったのはあんまり記憶がないし、首都圏以外の方にはなじみが薄いかもしれない。

作中でも説明されるとおり、つきみ野は、東急電鉄（作中では大東京電鉄）が開発した多摩田園都市の一画で、一九七〇年に誕生（つきみ野一丁目から八丁目まである）。中央に位置するつきみ野駅は、東急田園都市線の終点として一九七六年に開業した。大東京電鉄に勤務する本編の主人公〝私〟こと高橋が、三十五年ローンを組み、自社の開発したこの土地に念願のマイホームを買ったのは、同じ七六年の冬のこと。

私の買った家は、真新しいつきみ野の駅舎から徒歩圏内の戸建て住宅だ。田園都市と呼ばれる新興住宅地で、勤め先のある渋谷へ直結している。

月見草が生い茂《しげ》るところから名がついた「つきみ野」。

ロマンチックじゃないか。

私は生まれてはじめて持った庭に月見草を植えた。

女房の久里子もまだ、春の花びらのような頰をしていた。

通勤は快適だった。始発駅に住む幸福である。座って渋谷まで通勤。途中駅で乗ってくるサラリーマンたちの苦労を脇目に、優越感に浸《ひた》っていた。

ところが八年後の一九八四年、田園都市線がひと駅延長され、つきみ野は始発駅ではなくなったのである。急行停車駅でもなくなった。

ひとつのしあわせが終わってしまったのである。

首都圏で働くサラリーマンの喜びと悲しみをペーソスあふれるタッチで活写した名

文ですね。そのままドラマのナレーションにも使えそう。

ともあれ、それから長い年月が経ち、経理畑ひと筋、無事これ名馬と地味にこつこつ勤めてきたサラリーマン生活三十三年の〝私〟は、うだつの上がらない万年課長――のはずが、土地開発をめぐる裏金スキャンダルで飛ばされた上司にかわって財務部長に就任、まさかの出世を遂《と》げる。妻は五十五歳になり、フランスパンサークルに参加してパンづくりに夢中。パン職人になりたいと言い出している――というあたりも現代的。

ちなみに、大東京電鉄グループの総帥として作中に登場する設楽昇のモデルは、東急グループの総帥だった五島昇《ごとうのぼる》。一九五四年に東京急行電鉄社長となり、八四年には日本商工会議所会頭に就任、一九八九年に死去。

というわけで、小さなパン屋をめぐる人情噺が、日本を代表する経営者と企業グループの大きな物語と微妙に重なってくるあたりが本編の読みどころ。

つづく「ホルモンと薔薇」は、カウンターをつくって立ち飲み商売をはじめた小さな酒屋、吉田酒店が舞台。そこに集まる客のやりとりが小説のメインになる。常連のひとりは、すぐ近くの病院に勤める、日本で三本の指に入る大腸外科の名医、村岡久雄。手術のあとは吉田酒店でビールを飲みながらホルモン大根の味噌煮をつまむのが日課。村岡が率いる「チーム・コロン」は、内輪では「チーム・ホルモン」と呼ばれていて――と、ホルモンづくしの一編。しかも、そのホルモンが思いがけないかたちで利用されることになる。

最後の一編「こころの帰る場所」は、兵庫県姫路市が舞台。語り手の〝俺〟は、中学時代、〝華井《はない》中の荒井〟として地域一帯に名を馳せた武闘派のヤンキー。しかし、高校卒業とともに足を洗い、猛勉強してJR西日本の入社試験に合格し、姫路列車区で車掌として乗務をはじめる。だが、身についたヤンキー気分はなかなか抜けず……と、真面目な職業とガラの悪い語り口のギャップが無闇に面白い。

さて、松宮宏作品が徳間文庫から出るのははじめてなので、著者のプロフィールを簡単に紹介しておこう。

松宮宏（まつみや・ひろし）は、一九五七年、大阪生まれ。大阪市立大学文学部卒業、アパレルやデザインの仕事に携わるかたわら、小説を書きはじめる。

第12回日本ファンタジーノベル大賞（二〇〇〇年）に応募した『こいわらい』が最

終選考に残り、「いたるところでの発想の断片が面白く、才能のある人だと思った」（椎名誠）、「関西弁による軽い語りが巧みで、秘剣という時代ズレした題材も、よい意味で笑える」（荒俣宏）など、名だたる選考委員に高く評価されるが、結末に難ありとされて受賞にはいたらず。この応募作を改稿して、二〇〇六年にマガジンハウスから刊行し、作家デビューを飾る。同書は、京都を舞台に、用心棒の女子大生が棒切れ一本で大の男をばったばったと薙《な》ぎ倒してゆく、前代未聞空前絶後の痛快チャンバラ現代劇。

これは、美少女剣士・和邇《わに》メグルが活躍するシリーズの第一弾で、翌〇七年には、第二弾の『燻り亦蔵』が同じマガジンハウスから刊行。こちらは、長年勤めた会社を早期退職した愛煙家の男が禁煙法と闘うためアメリカに渡り、公共の場で煙草を一服するだけで全米に大騒動を巻き起こすというエスカレーション型コメディ。メグルは男のボディガードとして米国出張し、後半から登場する。この二作は、それぞれ大幅な加筆訂正を経て、『秘剣こいわらい』『くすぶり亦蔵　秘剣こいわらい』と改題のうえ、二〇一三年に講談社文庫から再刊されている。

二〇〇九年には、第三長編『はるよこい』がPHP研究所から刊行。こちらは、老舗《しにせ》薬局の若旦那が先祖伝来の秘薬のネット販売で起死回生の大ヒットを飛ばすが……というジェットコースターノベル。

本書は、松宮宏四冊目の著書にして、初の短編集ということになる。デビューから九年で四冊という寡作ぶりだが、その実力はごらんのとおり。大人の娯楽小説の書き手として、これから本格的な活躍に期待したい。

【松宮宏・書籍リスト】

『こいわらい』2006年10月（マガジンハウス）↓『秘剣こいわらい』2013年1月（講談社文庫）

『燻り亦蔵』2007年7月（マガジンハウス）↓『くすぶり亦蔵　秘剣こいわらい』2013年7月（講談社文庫）

『はるよこい』2009年3月（PHP研究所）

『まぼろしのパン屋』2015年9月（徳間文庫）＊短編集。本書。

二〇一五年八月

この作品は徳間文庫のために書下されました。
なお本作品はフィクションであり実在の個人・団体などとは一切関係がありません。

徳間文庫

まぼろしのパン屋《や》

2015年9月15日 初刷
2022年11月25日 6刷

著者 松《まつ》宮《みや》宏《ひろし》
発行者 小宮英行
発行所 株式会社 徳間書店
東京都品川区上大崎三―一―一 〒141―8202
目黒セントラルスクエア
電話 編集〇三(五四〇三)四三四九
販売〇四九(二九三)五五二一
振替 〇〇一四〇―〇―四四三九二
印刷 大日本印刷株式会社
製本 大日本印刷株式会社

ISBN978-4-19-893997-7 (乱丁、落丁本はお取りかえいたします)

徳間文庫の好評既刊

松宮　宏

アンフォゲッタブル
はじまりの街・神戸で生まれる絆

書下し

プロのジャズミュージシャンを目指す栞《しおり》は、生活のために保険の外交員をしている。ある日、潜水艦の設計士を勤め上げたという男の家に営業に行くと、応対してくれた妻とジャズの話題で盛り上がり、自分が出るライブに誘った。そのライブで彼女は安史と再会する。元ヤクザらしいが、凄いトランペットを吹く男だ。ジャズで知り合った男女が、元町の再開発を巡る様々な思惑に巻き込まれ……。